鱼龙和蛇颈龙厮打起来
——《地心游记》

萨沙登上了银光之船
——《烧火工》

动物们在商讨饲养人类的计划
——《雷龙美好的一天》

怪物把饼干倒进了嘴里
——《乖孩子的圣诞节》

大胡子魔术师撒豆成兵
——《偃师传说》

在水晶森林中采真菌
——《星鱼美食馆》

木人大战铁人
——《木人张》

追猎"一角"
——《星鱼美食馆》

世界上所有的书都能在万有图书馆找到
——《万有图书馆》

外表像魔方一样的意识传送器
——《巨兽之家》

机器狗李四向小孩子道歉
　　——《如封似闭》

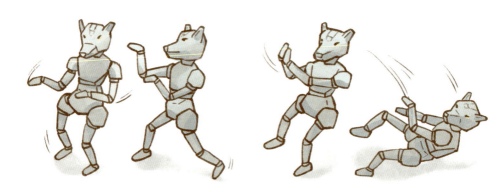

喜欢打太极拳的李四
　　——《如封似闭》

世界大奖少年科幻小说书系

脑洞大开的科幻童话

万有图书馆

未来事务管理局·主编
孙薇 赵磊 武甜静·选编

·北京·

图书在版编目（CIP）数据

脑洞大开的科幻童话. 万有图书馆 / 未来事务管理局主编. -- 北京：化学工业出版社，2024.8. --（世界大奖少年科幻小说书系）. -- ISBN 978-7-122-45938-1

Ⅰ. I18

中国国家版本馆 CIP 数据核字第 20241DE547 号

责任编辑：汪元元　　　　　　特约策划：姬少亭　李兆欣
责任校对：李露洁　　　　　　封面设计：刘子鹏
装帧设计：王　婧

出版发行：化学工业出版社
　　　　　（北京市东城区青年湖南街13号　邮政编码100011）
印　　装：北京新华印刷有限公司
880mm×1230mm　1/32　印张6½　彩插4　字数76千字
2024年9月北京第1版第1次印刷

购书咨询：010-64518888　　　售后服务：010-64518899
网　　址：http://www.cip.com.cn
凡购买本书，如有缺损质量问题，本社销售中心负责调换。

定　　价：39.80元　　　　　　　　　　　　版权所有　违者必究

目录

《地心游记》节选
1
〔法〕儒勒·凡尔纳/著　　陈伟/译

烧火工
17
刘慈欣/著

雷龙美好的一天
49
〔美〕迈克尔·斯万维克/著　　北星/译

乖孩子的圣诞节
63
〔荷兰〕约阿希姆·海因德曼斯/著　　孙薇/译

偃师传说
75
潘海天/著

木人张
105
刘洋/著

星鱼美食馆
129
张帆/著

万有图书馆
151
〔德〕库尔德·拉斯维茨/著　赵佳铭/译

巨兽之家
175
索何夫/著

如封似闭
195
水巢/著

《地心游记》节选

〔法〕儒勒·凡尔纳/著
陈伟/译

八月十五日，星期六。

这地下洞穴里的大海依旧单调乏味，看不到一丝陆地的影子。地平线似乎非常遥远。

我想起出海前，教授曾经估计这片地下海的长度是七十五英里❶左右。可是我们现在已经航行了他估计的三倍的距离，南方的海岸还是遥不可及。

"我们并没有在下降！"教授说，"这一切都是在浪费时间，再说，我来这么远的地方，可不是为

---

❶ 1英里约等于1.6千米。——编者（本书注释，如无特殊说明，均为译者注）

了在这个池塘里划船!"

他称渡海是划船,称这片海洋是池塘!

"可是,"我说,"既然我们走的是萨克努塞姆指明的道路……"

"问题就在这儿。我们走的真的是他走过的那条路吗?萨克努塞姆是否也碰见了这片广阔无边的海洋?他是否也渡了过去?那条为我们指引方向的小溪会不会把我们带上歧路?"

"不管怎么样,我们来到这里一点都不遗憾。这里的风景太奇妙了,而且……"

"我们不是来看风景的。我为自己确定了一个目标,我要实现它!所以别和我谈什么欣赏风景!"

我牢牢记住了他的话,于是便听任教授独自咬着嘴唇心急如焚。晚上六点,汉斯要求发工资,叔叔给了他三块银币。

八月十六日,星期日。

一切如旧。天气照常。风力稍稍增强了一些。我醒来时，首先关心的便是光亮。我总是担心这电光会逐渐暗淡，直至熄灭。这种担心并没有变成现实。木筏的影子清晰地投射在海面上。

这海真是无边无际！它可能和地中海，甚至和大西洋一样宽。为什么不呢？

叔叔测量了好几次水的深度。他拿出一根一千两百英尺❶长的绳索，将一把沉重的铁镐系在顶端，然后放入水中。可是它碰不到底。我们费了好大的劲才收回铁镐。

铁镐被拉上木筏后，汉斯指给我看上面明显的痕迹。它似乎被两个坚硬的物体猛烈地夹击过。

我看着向导。

他说了一个丹麦词。

我听不懂，回过头去看叔叔，叔叔正陷入沉思。我不想打扰他，便重新回头看着冰岛人。他张开嘴，

---

❶ 1英尺约等于30.48厘米。——编者

然后又闭上，重复了好几次，才使我明白了他的意思。

"牙齿！"我仔细地看了看铁镐，惊诧地说。

是的，这的确是嵌进铁镐内的牙印！长着这些牙齿的颌骨一定力大无比！难道在海水深处，活动着一种比鲨鱼更为凶猛、比鲸鱼更为可怕、在地球上早已灭绝了的怪兽？我盯着这把几乎被咬断的铁镐，心想昨夜的梦难道真的要变成现实了？

我整整一天都被这种想法折磨着，后来，我睡了几个小时，才勉强平静下来。

八月十七日，星期一。

我试图回忆第二纪古代动物的特性，这些动物出现在软体动物、甲壳动物和鱼类之后，哺乳动物之前。当时整个地球属于爬行动物。这些怪兽主宰着侏罗纪时期的海洋，侏罗山脉的地层就是由第二纪时期的海洋上升构成的。自然给了它们最为完善的构造。它们的体形何等巨大！力量何等神奇！如今的爬行动物，不管是鼍龙❶还是鳄鱼，不管它们多么巨大、多么凶猛，和它们早期的祖先相比，只是

---

❶ 扬子鳄在中国古代的名称，也叫猪婆龙，是中国特有的一种小型鳄类。历史上，扬子鳄曾广泛分布于中国东部的黄河、淮河、长江和钱塘江等流域，随着人类活动和气候变化逐渐转移至长江下游流域。——编者

些软弱无力的小爬虫罢了！

想到这些怪兽，我不禁打了一个寒战。没有人亲眼见过这种活的动物。尽管它们在人类出现的几十万年之前就生活在地球上，但是根据在石灰质黏土里发现的、被英国人称为"下侏罗纪化石"的骨骼化石，人们可以复制出它们的结构，了解它们巨大的体形。

我曾经在汉堡博物馆看到过一具长达三十英尺的爬行类动物骨骼。难道我这个地球的居民命中注定要和这些古老的动物见面吗？不，不可能！可是铁镐上确确实实刻着有力的牙印，从这些牙印来看，这头怪兽的牙齿是圆锥形的，和鳄鱼一样。

我惊恐地注视着大海，生怕看到一个海底洞穴的居民蹿出来。

我想，即使布洛克教授不像我这样害怕，至少也同意我的看法，因为他在检查了铁镐之后，目光也转向扫视着海面。

"这主意真见鬼！"我自言自语道，"他怎么会想到测量水深的！他一定是打搅了某个动物的休息，要是我们在海上不受到袭击……"

我看了看武器，它们的性能良好，我稍稍放心了一点。叔叔看着我，用手势对我表示赞同。

水面剧烈地动荡着，这已经说明了水底的骚动。危险在逼近，必须小心。

八月十八日，星期二。

夜晚降临了，确切地说是睡意来临的时候到了，因为这片海上没有黑夜，直射的光线使眼睛很疲劳，仿佛我们是航行在阳光照耀着的北极海面上一样。汉斯把着舵。他值班的时候，我睡着了。

两个小时后，一阵可怕的震动将我惊醒。木筏被一种难以形容的力量从水面上掀起，抛到一百三十多英尺以外的地方。

"怎么了？"叔叔叫道，"是不是触礁了？"

汉斯指着一千三百英尺开外的海面，有一头黑乎乎的东西正在起伏着。我惊叫了起来："是一头巨大的鼠海豚！"

"对，"叔叔回答说，"现在又来了一条异常巨大的海蜥蜴！"

"远处还有一条可怕的鳄鱼！你看它的颌骨有多

宽！还有牙齿！啊！它消失了！"

"鲸鱼！一条鲸鱼！"这时候教授叫道，"我看到它那硕大的鳍了！你看它鼻孔里喷出的水柱！"

果然，海面上升起了两根高高的水柱。面对这一群海兽，我们惊恐万状。它们大得异乎寻常，即使是其中最小的海兽也能用牙齿把木筏一口咬断。汉斯疯狂地转着舵，想让筏子顺风行驶，以便逃离这群危险的动物；可是他在木筏的另一侧看到了同样可怕的敌人：一只四十英尺宽的海龟和一条三十英尺长的海蛇，后者那巨大的脑袋正伸在水面上。

逃不掉了！

这些动物在逼近。它们围着木筏迅速地转着，就是高速行驶的火车也没有它们快。它们以木筏为中心，画出一个又一个圆圈。我拿起了枪。可是子弹打在这些动物厚厚的鳞片上，又有什么用呢？

我们吓得连气都不敢出。它们来了！一边是鳄鱼，另一边是海蛇。其他海兽全都不见了。我想开枪,汉斯用手势制止了我。两头怪兽在离木筏三百多英尺远的地方游过,相互朝对方猛扑过去,它们是如此狂怒,所以根本没有看到我们。

战斗在离木筏六百多英尺远的海面上展开。我们可以清晰地看到两头怪兽的搏斗。

现在其他海兽似乎也赶来参加战斗了:鼠海豚、鲸鱼、海蜥蜴、海龟。我每时每刻都能见到它们。我指给冰岛人看,可是他摇了摇头。

"两头。"他说。

"什么!两头?他说只有两头怪兽……"

"他说得对。"叔叔叫着说,他一直用望远镜注视着怪兽。

"怎么会!"

"没错!第一头怪兽长着鼠海豚的嘴、海蜥蜴的头和鳄鱼的牙齿,所以我们会看错。这是古代爬行动物中最可怕的鱼龙!"

"另一头呢?"

"另一头是长着龟壳的海蛇,它叫蛇颈龙,是鱼龙的死敌!"

汉斯说得没错。仅仅两头怪兽就把海面搅得天翻地覆。在我眼前的是两头原始海洋里的爬行动物。我看到鱼龙血淋淋的眼睛大得就像人的脑袋。自然给了它强有力的视觉器官,因而它能承受水的压力,生活在深海。人们曾称它是海蜥蜴中的鲸鱼,这不无道理,因为它有着和鲸鱼一样大的体形、一样快的速度。鱼龙在水面上竖起垂直的尾鳍时，我估算出了它的大小：它至少有一百英尺长。它的颚骨也十分巨大，自然学家们认为它至少有一百八十二颗牙齿。

蛇颈龙的身体呈圆筒形，尾巴很短，四肢像船桨一般。它的身体盖满了甲壳，天鹅般柔软的头颈高高地伸在离水面三十英尺的空中。

两头海兽狂怒地厮打着。它们掀起像山一样高的浪涛，甚至波及我们的木筏。我们有好几次几乎就要沉没了。海面上传来极为尖厉的叫声。两头海兽缠绕在一起，我无法辨认出它们。胜利者的愤怒令人心惊胆战。

一个小时过去了，两个小时过去了。战斗进行得依然激烈。两名战士一会儿接近木筏，一会儿又离它而去。我们一动不动，时刻准备开枪。

突然，鱼龙和蛇颈龙都不见了，水面上形成了一道名副其实的漩涡。好几分钟过去了。难道战斗将在大海深处结束吗？

　　猛然间，一只巨大的脑袋伸出海面，这是蛇颈龙的脑袋。怪兽受到了致命的打击。我再也看不到它的甲壳，只见它的长颈伸起来，落下去，再伸起来，再落下去，就像一根巨大的鞭子抽打着波涛，它的身体犹如被截断了的蠕虫一样扭曲着。海水溅到很远的地方，蒙住了我们的眼睛。但是，这头海兽的垂死挣扎不久就接近了尾声，它的动作幅度逐渐减弱，身体也逐渐不再扭曲，最后这条长蛇一动不动地躺在平静下来的海面上。

　　至于鱼龙，它是回到自己的海底洞穴去了呢，还是会重新出现在海面上？

（节选自原文第三十三章）

儒勒·凡尔纳，19世纪法国小说家、剧作家及诗人。凡尔纳一生创作了大量优秀的文学作品，以《在已知和未知的世界中的奇异旅行》为总名，代表作有《格兰特船长的儿女》《海底两万里》《神秘岛》《气球上的五星期》《地心游记》等。他的作品对科幻文学流派有着重要的影响，因此他被称作"世界科幻小说之父"，也是黄金时代"科幻三巨头"之一。

凡尔纳被翻译的作品数量位居世界第二，仅次于阿加莎·克里斯蒂，在莎士比亚之上。在法国，2005年被定为"凡尔纳年"，以纪念他百年诞辰。

名师大语文

　　法国"科幻之父"凡尔纳将自己掌握的科学知识巧妙地穿插在小说的情节及对人物的刻画上,在向读者展示出一个神奇的地下世界的同时,也描绘了曲折生动、浅显易懂的冒险故事。

　　凡尔纳擅长设置悬念,在不紧不慢的故事节奏中悄悄埋下伏笔,短短几百字,就让海上的神秘巨兽通过巨大的牙印一步步现身,烘托出紧张刺激的气氛。很快,体型庞大、凶恶异常的鱼龙和蛇颈龙在海上搏斗的场面就出现了,整个过程让人胆战心惊又大呼过瘾。这个故事生动演绎了"在奇异世界里的奇异旅行"这个经典的科幻主题。

烧火工

刘慈欣/著

萨沙站在极东岛上,看着帆船在海天连线处消失,知道自己被扔在世界尽头了。他打量四周,这座世界最东面的孤岛像一块露出海面的锈铁,毫无生机。

萨沙向岛内走去,连日的晕船让他步履虚飘。岛很小,他很快走到了中央,看到一座小丘上有一个黑洞,像一只盯着他的怪眼,洞的周围散落着一层黑煤面,他知道这是一个矿井。在洞旁边的空地上有一口大铁锅,安放在高大的石灶上,他从没见过这么大的锅,倒扣过来能做一个大房顶,那也是他见过的最大的房顶。

萨沙以前没见过很大的房子，因为他没出过远门，自从爱上冰儿，世界的其余部分对他再也没有吸引力了，但这次为了冰儿，他一下子就来到了世界的尽头。

石灶里没有火，空气中充斥着奇怪的油腥味，是从大锅中散发出来的。

矿井里黑不见底，但萨沙发现黑暗深处有一点摇曳的火光，后来他看清了那是一辆缓慢上行的矿车上的火炬，直到走近，他才发现矿车是被一个人拖着。堆满煤块的小车沿着破旧的木头轨道吱吱呀呀地移出井口，阳光照到矿工身上，萨沙看到他是一个细高的老头，干瘦黝黑，像一段从煤层中挖出来的枯树根。

"帮帮我。"老人说。萨沙于是到后面去推车，车到大锅旁的煤堆边停了下来，看来这个小矿井中出的煤全部用于烧这口大锅。

老人精疲力竭地靠着车轮坐在地上，喘息着。

"我来找你，我来求你。"萨沙说。他不用问这人是谁，肯定是他要找的，极东岛上只住着这一个人。

"我有什么好求的，一个烧火的，一辈子吃苦受累的命。"老人摆摆手说。

"人们说你能让得绝症的人活下去。"

"我自己都活不了多久了，老了。"烧火工长叹一声。

"地上的每一个人，在天上都有一颗属于他的星星，如果那颗星星出了毛病，星光照不到那人身上，那人就病了，如果星光长时间暗下去，那人就得了绝症。"

"这谁都知道。"

"你有一本大书，能从里面查出每个人的星星在什么地方，你还能登上天，把出毛病的星星修好。"

"你病了？"

"我爱的女孩病了,绝症。我知道你在这里要钱没用,但如果你修好她的星星,我为你做什么都行,我为你去死都行!如果你不答应我,我就死在这岛上,没有她我活不下去。"

"这就是爱了?"烧火工抬头看看萨沙,老眼发散的目光费力地聚焦在他脸上,略带嘲讽地笑着,但似乎对他有了些兴趣。

萨沙没再说话,默默地跪在烧火工旁边。

"你不用去死,接我的班吧。"

"好的,我接您的班,在这岛上当一辈子烧火工!"

烧火工不动声色地看了萨沙一会儿,突然摇着头笑了起来:"呵呵呵,以前来的那些人也都这么说,等我把他们让我修的那些星星修好,他们都走了。"

"我不会走的,我会接您的班,我发誓!"

烧火工吃力地站起身,捶着腰说:"那就试试吧,我只能每次都试试,我还能有什么别的选择?"

烧火工和萨沙开始为登天修星星做准备。

首先要造火药——用硝、硫黄和炭配制。硝和硫黄都能从矿井中采到；岛上没有烧木炭的树木，烧火工用鲸骨代替，烧出来的炭虽然味道难闻，但细腻而滑爽。

在环岛的海滩上，堆放着许多大鲸的骨架，那些大骨架在世界边缘的阳光下雪白雪白的，在海风中发出浑厚的声响，走进一个骨架中，萨沙仿佛置身一座汉白玉宫殿的废墟。烧火工住的小棚屋也是用鲸骨搭起来的，上面蒙着暗蓝色的鲸皮。

造火药的进度很慢，烧火工干得磨磨蹭蹭、漫不经心。萨沙心急如焚，他催烧火工快些，因为在大洋那边遥远的大陆上，在家乡的小镇中，冰儿的病正在一天天加重。

"快有什么用？"烧火工指指天空不耐烦地说，"离上弦月出来还有好几天呢，没有上弦月，怎么登天？"

萨沙每天夜里睡前都盯着星空看，盼望着上弦月的出现，那是冰儿的生机。

三天后，火药总算配完了，装了满满的一大鲸皮口袋。

下一步就是造火箭了。火箭的箭体是一颗完整的鲸牙，必须是笔直的牙，烧火工和萨沙钻进几个硕大的鲸鱼头骨，找到了五颗这样的大牙，每颗有人的大腿粗，立起来比萨沙还高。鲸牙顶部尖尖的，烧火工把它们的表面打磨得洁白光滑。然后，他又切割打磨一些薄薄的鲸骨板，做成了十五片火箭的尾翼，每片像刀子般锋利，能切肉。他在鲸牙的尾部开了浅槽，把尾翼涂上胶水插进去，胶水是把一种牡蛎碾碎后提取出来的，那种牡蛎常粘在礁石和船底上，用刀都刮不下来。最后，把火药倒进中空的鲸牙中，火箭就做好了。萨沙曾问是不是需要试验一枚，烧火工很有把握地说不用试，肯定能行。

这些天，烧火工的主要精力还是集中在自己的工作上，他的活儿包括采煤、猎鲸和炼鲸油。萨沙帮着干，发现烧火工的工作极其繁重，像他这样身强力壮的年轻人每天都累得精疲力竭。

所有的工作都是为了烧火，每天的烧火时间是凌晨，这时萨沙都睡得很死，烧火工没带他去过。只是有一两次，在后半夜最黑暗的时刻，萨沙在睡意蒙眬中隐约知道烧火工驾着小帆船出海了，他回来时太阳已高高升出海面。

火箭做完后，烧火工带萨沙去猎鲸。萨沙第一次看到了巨大的鲸笛，虽然以前听说过，看到它这么大还是很吃惊。鲸笛是用一根鲸的肋骨做成，弯

弯的,有萨沙两个身长,像一把拆了弦的大弓。他和烧火工两人抬着才能把鲸笛送到海滩。

这时海边的浪不大,两人抬着鲸笛走到齐腰深的海水中,鲸笛大部分没入水中,只有烧火工抓着的一端在水上。"你要接我的班,就要学会吹鲸笛。"烧火工说着,把嘴凑到鲸笛的一端吹起来。

"我什么也没听到。"萨沙说。

"鲸笛发出的声音只有鲸能听到,人听不到的。"烧火工说完继续吹,手指还在鲸笛上的一排小洞上不停地按动,他双目半闭,一副很陶醉的样子,"这是鲸求偶的歌声。"

烧火工吹了一上午鲸笛,没有什么结果,在失望地返回前他最后试了一次。这时,萨沙看到远方天水连线处出现了一个水包,接着一头鲸的黑色背脊在海面上浮现了一下,然后巨大的鲸尾抬出水面又落下,激起一圈大浪,它穿过平静的海面,向这个方向快速游来。

"快跑!"烧火工对萨沙喊道,当萨沙回头跑上海滩时,他仍在水中吹笛,直到鲸接近才拖着鲸笛转身跑上沙滩。

被笛声引诱来的大鲸触到了浅海的海底,水中传来一阵轰隆隆的摩擦声,接着,那庞大的躯体借着惯性冲上海滩,它推上来的带沙的浊浪把来不及躲避的烧火工和萨沙冲倒了。大鲸在沙滩上痛苦地滚动着，它是海洋中的动物，在陆地上内脏因自身重量的压迫受到致命的损伤，鲜血从鲸口中涌出，染红了大片海滩，又染红了冲上来的海浪。大鲸很快停止了滚动，小山丘般的躯体上掠过最后的死亡抽搐。

当鲸完全死亡后，烧火工用斧头和锯子剥开它腹部厚厚的鲸皮，然后用长刀割下里面雪白的脂肪，每块都有一头猪大小。鲸的巨大让萨沙震惊，他觉得他们不是在切割一个动物，而是在一座骨肉之山上开采矿藏。他们把大块脂肪背到大锅处，石灶里已经燃起熊熊煤火，锅底都烧红了，他们登上支在石灶边的梯子，把脂肪扔进锅里，鲸脂块沿着滚烫的锅面滑下，在喧闹的吱吱啦啦声中像冰块一样熔化，琥珀色的鲸油在锅底很快聚集起来。

烧火工和萨沙从棚屋里搬出一大盘绳子，绳子用鲸皮搓成，只有小指粗细，却十分坚韧。萨沙想象不出这一大盘绳子有多长，他们两人都抬不动，只能拖着移动。烧火工把一桶鲸油泼到绳盘上,说是能起润滑作用。这是登天前的最后准备了。

入夜,上弦月终于出现了,细弯的月牙与上方的两颗星星组成了一个银色的笑脸。烧火工说他们必须尽快登天,等月牙盈起来后就不好登天了。

他们把五枚鲸牙火箭和绳盘搬到海滩上,还拿来了小帆船上的两面卷起来的帆,以及两根桅杆。烧火工说到了月牙上,这帆就要当桨使。最后拿到海滩上的是一本厚厚的大书,羊皮书封上镶着古老的徽章和铜角。这些东西都堆在沙滩上的一个大铁锚旁,烧火工把它叫月锚,锚固月亮用的。

烧火工说星空中很冷,让萨沙多穿些衣服。

当上弦月在夜空中移动到合适的位置时,他们开始登天。

烧火工把长绳的一头固定在一枚鲸骨火箭的尾部,然后把火箭竖立在鲸骨制成的简易发射架上,他用手指当尺子目测月牙的位置，仔细调整火箭的角度，然后用一把细长的火炬从尾部点燃了火箭。

鲸骨火箭呼啸着升空，它喷出的火焰在海面上洒下一片跳动的金辉。火箭很快在夜空中变成一个小小的亮点，它后面拖着两条线，一条是白色的烟线，另一条黑色细线是它拉上去的长绳。那个小光点飞向月牙，最后从一个牙尖附近掠过，光点熄灭，空中的黑色细线弯曲了，长绳和火药耗尽的火箭一起坠向大海，看上去落得很慢，像一根飘落的长发丝。发射失败了。

第二次发射也失败了，鲸骨火箭撞到月牙上，残存的火药爆炸了，溅出一大片璀璨的火星，像在月亮上放了一个烟火。

第三次成功了，火箭拉着长绳从月牙正上方越过，随后熄灭坠落，把绳子搭在月牙上，就像挂在星空中的一个大钩子上。烧火工和萨沙继续快速放绳子，鲸牙箭体的重量在月牙的另一面拉着长绳下垂，当绳盘放得只剩下薄薄一层时，吊着鲸牙箭体的长绳的另一端垂到地面，两人把绳索的两端都系牢在大铁锚上，夜空中的长绳渐渐拉紧，变得笔直，系在铁锚上的绳结在强劲的拉力下吱吱作响，把绳中的鲸油都挤了出来，铁锚被月亮在沙滩上拖了一小段，但锚尖很快钩住了沙滩下坚实的土地，月牙在星空中停止了移动，被锚固住了。

烧火工拿出三小段鲸皮绳，用其中的一段把船帆、桅杆和大书捆成一捆，连接在系于铁锚的长绳两端的一端上，又用一段短绳在自己的腰间缠了几圈，再越过双肩，在胸前打了个结，他做得很熟练。他把最后一段绳子用同样的方式捆在萨沙身上。烧火工把自己身上的绳头与长绳联结起来，与那捆东西连在同一端。

烧火工拿起一把斧头说："你年轻力壮，本该先上的，但你是第一次登天，我就先上，再把你拉上去，照我说过的做！"

烧火工挥起斧头砍断了与自己和货物相连的长绳的那一端在锚上的绳结,这时长绳只有一端还系在铁锚上,月牙失去了锚固,又在星空中移动起来。烧火工刚把斧头递给萨沙,自己就和货物一起被移动的月亮吊起来,萨沙同时也用力向下拉长绳的另一端,使烧火工和货物被更快地吊上天空,很快变成了夜空中的一个小黑点,黑点最后升到月牙上,消失在它的银光里。

很快,月牙又停止了飘移,显然烧火工在上面把绳子固定了,这时月亮和地面只有一根绳子相连,萨沙感觉它很像一个银色的大风筝。

萨沙把自己身上的绳头与长绳联结起来,又等了一会儿,估计烧火工在月牙上已经准备好了,就用斧子砍断了铁锚上的最后一个绳结。

萨沙立刻被月亮拖着飞跑起来,转眼间就被拖到了海里,在海面上飞快滑行。萨沙死死地抓紧鲸皮绳,感到头晕目眩,海浪似乎变成了很硬的东西,他的脸上和身上被打得很疼。就在这疯狂的拖曳使他崩溃时,他的身体离开了海面向上升去,显然烧火工正在月亮上拉起他。映射着细碎月光的海面向下退去,渐渐变得模糊起来,又过了一会儿,萨沙看到了下面极东岛完整的形状。他庆幸这是在夜里,在白天他会恐高的,他担心月亮上的烧火工用尽了力气,一松手让自己掉下去,但他这时明显地感到身上的鲸皮绳勒得不是那么紧了,烧火工对他说过,越接近星空,人的重量就越轻,他自己的重量显然在不断减轻,后来他也可以自己拉动绳子了,这就使上升的速度快了一倍。

月亮在上方越来越大,渐渐占满了整个视野,萨沙估计了一下月牙的大小,大约和他来时所乘的帆船一样大。他沐浴在月亮的银光中,那是冷光,没有一点热度。

终于,萨沙伸手可以触到月面了,他以前以为月亮是坚硬光滑的,像一大块发出银光的玉石,这时惊奇地发现月面很柔软，他想，月亮不断地盈亏，当然不可能很坚硬。月面摸上去细腻光滑，像冰儿的肌肤，这让萨沙心里一动。他向月亮内部看，感觉里面似乎充满了发光的乳白色液体。

萨沙最后升上了新月的凹曲面，等于登上了这艘银光之船的甲板，银亮的月面在他的两侧向上翘起，最后缩成了两个指向上方的银尖。

他看到了烧火工，正在那里盘起鲸皮绳，带上来的货物堆在一边。在银亮月面的衬托下，烧火工瘦长的身躯更黑了，像月亮上的一只大蚂蚁。萨沙解开身上的鲸皮绳，试着迈步，他感到身体轻得像羽毛，迈一步能跃出好远。

"你那个女孩的全名叫什么来着？"烧火工问道，同时翻开了那本大书，书的目录与字典一样，可以查找所有的人名，据说活着的和死了的人都在上面。他们先是用笔画查，后用层次四角查，都没查到，最后直接按字母顺序翻，找到了冰儿的名字所在的那一页。大书除目录外的每一页都是星图，上面画着密密麻麻的星座，萨沙完全看不懂，但烧火工只扫了两眼，就确定了他们要去的方位。

接下来他们把带上来的两面帆展开，固定在桅杆上，萨沙发现月牙凹面中央的两侧有两个小小的桨桩，把带帆的桅杆拴在上面就成了月牙船的桨，他不知道这两个小桩是什么人在什么时代建造的。

烧火工和萨沙在月牙的两侧开始划桨，与萨沙预想的不同，这帆桨划起来并不费力，两个舞动的帆与其说是桨，更像是月牙的一对翅膀。月亮缓缓改变了自己的飘移方向，向着属于冰儿的星星飞去。

这时，萨沙才有闲暇细看周围，无数的星星缓缓移过，星星大小不一，最大的有西瓜大，但一般都是苹果大小，都发出晶莹的银光，有一部分在不停地闪烁着。近处的星星看上去比较稀疏，但前方渐渐变密，直到无法分辨出单个星体，呈发光的雾状汇成浩瀚的银河。在星空中能够看到银河的全貌，它实际上是一个由巨量星星构成的大旋涡，月牙目前正行驶在这银光大旋涡的一个悬臂上。星星不时碰到航行中的月亮上，这时它们都发出悠扬清脆的丁零声，像夏日微风中的风铃。那些碰到月亮的星星被推出一段距离，但在月牙驶过后，它们又在后面飘移回原来的位置。烧火工告诉萨沙，这些都是恒星，永远保持固定的位置。曾经有一次有一颗红色的亮星从他们头顶飞过，烧火工说那是一颗叫火星的行星，行星数量极少，只有八颗。

　　月牙行驶了两个多小时，烧火工停止了划桨，拿起大书，把那一页的星座模样与周围的对照，然后宣布他们到了。

"冰儿的星星是哪颗？"萨沙急切地问。

烧火工伸手比划了一个范围："这一片都是，重名的人很多啊，但我们只需找到星光暗淡的那颗。"

他们在这群属于冰儿们的星星中寻找着，烧火工首先发现了那颗暗星，在周围星星的璀璨银光中，它暗得几乎看不到，但烧火工的话安慰了萨沙。

"我们来得不晚，她还活着，星星上落了灰尘，擦擦就行了。"

他们划动月牙驶近，萨沙伸手拿过了那颗暗星，看到确实像烧火工说的那样，这颗苹果大小的星星上有一层灰尘。

"星空中怎么会有灰尘？"萨沙问。

"一般来说是附近的一颗星破碎了落上去的。"

"那个人死了吗？"

"是的,一种非正常的死法。"

萨沙没有心思再问正常的死法是什么样子,他看到烧火工拿出一块柔软的海绵,老人很细心,还带来一小瓶清水,洒了一些到海绵上,然后递给萨沙。萨沙仔细地擦拭着冰儿的星星,随着灰尘的拭去,星星迅速亮了起来并开始闪烁,萨沙沐浴在它的银光中。他发现这是一颗很美丽的星星,六角形,结构对称而精致,像一片晶莹剔透的水晶雪花。萨沙仔细地擦拭着已经很干净的星星,星星在他手中发出仙乐般的风铃声,与闪烁的银光一起,如梦似幻,如果不是烧火工催促,他可能永远也不会放手。

"行了行了,已经擦好了,放回去吧。"

萨沙恋恋不舍地松开手,冰儿的星星闪烁着,发着悠扬的丁零声,轻盈地飘回它在星空中的位置。

"你放心,那女孩的病明天就会好的。"烧火工说着操起了帆桨,"该回去了,还有活儿要干,误了烧火可是大事。"

回程与月亮自然飘移的方向一致,所以速度很快,划桨只需调整方向就可以了。

"每颗暗了的星星都可以这样修好吗?"看着月牙两侧掠过的群星,萨沙问。

"当然不行,比如这颗。"烧火工指着一颗近处移过的暗星说,那个星体不再晶莹透明,而是呈现烟熏般的暗黄色,从里面透出的星光暗淡无力,像风中的蜡烛般摇曳不定。

"这人老了。"烧火工说。

"你见过自己的星星吗?"萨沙指指那本大书问。

烧火工摇摇头:"从来没有,有什么好看的?现在它和这一颗一个样子了。"

他们沉默地看着灿烂的星河,烧火工突然指向一个方向:"看!"萨沙看到了一道弧光划过星空,那是一颗流星。"那就是一般人的死法，他们的星星化成流星，大部分在落地前就烧光了，有些剩下的部分落到地上，也不过是一块平淡无奇的石头。"

月牙回到了极东岛上空，这之前烧火工从来没说过他们怎么下去，其实方法十分简单。他们首先把桅杆和绳盘等带上来的货物向岛上抛下去，只留下两面帆和两根短鲸皮绳，他们把绳子系在腰间，把长出来的绳的两头分别系牢在帆的两端，然后从月亮上跳下去，帆在下落中展开，成了两个降落伞。他们在夜空中盘旋着下落，烧火工准确地落在极东岛的海滩上，萨沙则落到了海中，好在离岸不远，烧火工用小船把他从海中接回来。

以后的日子里，萨沙只有等待，等待从大洋那边传来冰儿的消息。他每天都帮烧火工干活，他们一起猎鲸、采煤和炼鲸油，但烧火工仍然一次也没有带萨沙去烧火。

时间一天天过去,萨沙平静下来的心又渐渐焦虑起来,他开始怀疑他们那夜在星空中所做的事是否真的有用,后来他甚至怀疑冰儿是否还活在人世,他没有心思再干活了,每天看着大海发呆,盼望着天边的帆影。

四十天后,终于有一艘帆船经过极东岛,船长给萨沙捎来了一封信,那信像小太阳一样使萨沙的世界由阴转晴,那是冰儿的信,说她的病在一夜间突然就好了,虚弱了一段时间以后就完全恢复健康,现在她又像以前那样美丽而充满活力,她盼着他回去。

烧火工疲惫地坐在旁边铁锈色的岛岩上,他已经猜到了信的内容,无力地对萨沙挥挥手:"走吧,回去吧,我知道会这样的,以前都这样。"

"不,我发过誓,我要接你的班。"萨沙说,小心地把信叠好装起来。

大胡子船长把萨沙拉到一边低声说:"你犯什么傻?我见过那个女孩,你要是失去她那可是太悲惨了,更悲惨的是你要在这里劳苦一辈子,你知道烧火工是什么样的苦力活儿,没人愿意干的,你跟我们回去,这老头儿拿你没办法的。"

"不,我发过誓。"萨沙坚定地说。他送走了摇头叹息的船长,和烧火工一起看着帆船消失在海天连线处。

"呵呵,我知道你会留下的,所以才费那么大劲儿去登天。"烧火工说,有些狡猾地笑了起来。

"我是个守信的人。"

"不不,这和信用没关系,"烧火工脸上现出神秘的庄重,"你懂得爱。"

"那今天夜里……"

"孩子,今天后半夜里我带你去烧火。"

这天夜里没有月亮，在后半夜微弱的星光下，烧火工和萨沙把两大木桶鲸油搬到小船上，然后扬帆出海。

海面上一片黑暗，只能看到浪沫的白色。烧火工点燃了一支鲸油火炬，黄蓝相间的火焰照亮了周围的一小圈海面，萨沙这才看出船在快速行驶。烧火工拿出一本书和一座铜钟，那书的外表很像他们登天带的那本，但更薄。烧火工翻开厚厚的书皮，借着火光，萨沙看到翻开的书页上有一张表格。

"一年三百六十五天，每天烧火的时间是不同的，我都能记住，但你需要查这张表，以后也能记住的。每天一定要准时烧火，不要早也不要晚，否则会乱了时令的。"烧火工指着书和铜钟说。

一个多小时后，烧火工降下了小船的帆，船停了下来，在海浪中不安地上下起伏着。

"日出点到了，那里。"烧火工指指前方的海面说。

"太阳就要出来了吗？"萨沙紧张地问。

"马上，其实日出的时间你不用卡得太准，关键是烧火的时间。"

萨沙盯着前方的海面看，发现有大量水泡冒出，然后海面鼓起了一个大水包，让他想起大鲸在海面上推起的水包，但这个水包并不移动。那个海水的小山丘越升越高，最后在一片水声中从中间破裂了，海水退去，那片海面上出现了一座黑色的小岛，这突现的小岛推开的海水把小船也向后推去，烧火工赶紧用力划桨向岛靠近。震惊中的萨沙忘了划船，只是目不转睛地盯着小岛，他完全看不清岛上的细节，因为岛本身太黑了，这可能是萨沙见到过的最黑的东西，像一大块吸光的黑海绵，把照在它上面的火炬的光线全部吸收了，与之相比，已经很黑的海面和天空这时倒显得有些光亮。借着海空的背景，萨沙看出岛的形状是一个弧形，那弧形十分完美，像一口倒扣的大锅，萨沙当然知道这只是一个巨球浮出水面的一小部分。

不用问了，他知道这就是太阳。

小船轻轻地靠上了太阳，烧火工先跳下海，然后再爬上太阳，他曾经嘱咐过萨沙，烧火前一定要先把自己在海中浸湿。萨沙把船上的两桶鲸油递给太阳上的烧火工，然后自己也从船边下海浸湿后游到太阳边，即使在这样近的距离，太阳表面仍看不清任何细节，萨沙感觉自己面对着不见底的黑色深渊，一阵眩晕，但他的手触到了太阳表面，感觉有些粗糙，摸着像潮湿的礁石表面。两人提着鲸油桶，很快登到太阳的顶端。

"它还会继续向上浮吗？"萨沙摸着脚下漆黑粗糙的太阳表面问。

"不会，如果不点燃，它会一直这样浮在海面，就露出这么一点。我猜是火的热力让它升起来的，至于为什么我也不知道，也许和热气球的道理差不多……好了，洒油！"

他们把两桶油均匀地洒在太阳表面。

两人在洒上鲸油的太阳顶端休息了一会儿，萨沙想坐下，但烧火工不让，他说身上不能沾上鲸油，否则烧火时很危险。他们就沉默地站在这熄灭的太阳上，海风中充满了鲸油的味道，远处的海面上，小船上的火炬仍在燃烧，脚下的太阳漆黑一片，像夜的精华。

"烧火的时间到了。"烧火工说，带着萨沙走下太阳，登上小船。

烧火工从船上取下燃烧的火炬，犹豫了一下，把火炬递给萨沙，萨沙把火炬扔向太阳，火炬在空中翻滚着，火焰在海风中呜呜作响，然后落在那漆黑的表面上。点燃了鲸油，黑色球面上腾起一片蓝色的火焰。

"不要傻看,快走!你想被烤焦吗?"烧火工对萨沙大喊,两人操起船桨拼命划起来。

小船划出一段距离后,太阳被点燃了,海面上出现了一团金光。

萨沙感到了扑面而来的热力,他和烧火工继续用力划船。

太阳开始升起,随后升出海面的部分立刻被点燃,那个光芒四射的弧形渐渐扩大,太阳周围的海水沸腾着,涌出大片蒸汽,使那片海如云海一般。

世界上大部分人看不到这里海面的情景,他们只看到一轮红日从东方升起。

天空由漆黑变成瓦蓝,白云变成金色的朝霞,周围的一切在朝阳中清晰起来:大海,还有远处的极东岛。

小船划到了安全的距离,这时萨沙才发现他们的湿衣服都早冒出了蒸汽,回头看,太阳已经完全升出了海面，新的一天开始了。

烧火工指着初升的太阳说："它升到高空，被那里的强风向西吹，到西边后风小了，太阳就降到海里，被水浸没了，然后被海下的暗流带向东方，凌晨时到达这里并浮起来，我们再点燃它。这就是烧火工的工作，要有责任心，不能出差错，每天凌晨如果我们不烧火，黑夜就不会结束。"

太阳越升越高，世界从黑夜中复苏，海面上有飞鱼腾起，一群雪白的海鸥向日出的地方飞去……萨沙，年轻的烧火工，伸出双手抚弄着阳光。

让他最感欣慰的是，这阳光也有冰儿一份。

刘慈欣，科幻作家，高级工程师，中国作家协会会员、中国科普作家协会会员，山西省作家协会副主席。科幻作品蝉联1999—2006年中国科幻小说银河奖，2015年凭借科幻小说《三体》第一部获得世界科幻小说最高奖项——雨果奖最佳长篇小说奖。

名师大语文

世界尽头的极东岛，像一块露出海面的铁锈，毫无生机。这座孤岛上只有一个人——老烧火工。每天早上，太阳需要借助老烧火工点火产生的热力才能升起。烧火工的工作辛苦而孤独，可能再也没人愿意干了。年轻的萨沙来到这个孤岛，答应老人，只要他能治好自己心爱女孩冰儿的病，就来接老人的班。

于是老人和萨沙开启了制造鲸鱼骨火箭、寻找属于冰儿的星星的旅程。火箭上天了，他们在星海里遨游。老人擦去了冰儿星星上的灰尘，治好了冰儿的病。尽管再也不能见到心爱的女孩，萨沙还是信守承诺，接替了老烧火工的工作。其中，制造火箭、借助月牙儿升空、擦拭星尘的几个情节非常动人，充满了瑰丽的想象和浪漫的诗意。

雷龙美好的一天

〔美〕迈克尔·斯万维克/著
北星/译

"你会喜欢这家伙的。"项目主任说。

"不一定,"财务官说,"老实说,我怀疑整个计划的可行性。我不能把这么多资金扔在一个——对不起,一个幻想上面。能挣钱吗?这有希望吗?我想你是找错人了。"

"但这正是我找你的原因啊,"项目主任说,"如果我能得到你的肯定答复,那么别的人就都好办了。"

"你真是个空想家。"财务官说,"人在哪儿?"

项目主任碰了一下他身边的桌子上的一个装置

说:"亚当斯先生,你能进来一下吗?"

门开了。亚当斯进来了,他是一个二十多岁的年轻人。他的腰、手臂和脖子到处都很细,颧骨高耸,有一双闪亮的眼睛。他一边咧着嘴笑,一边走了进来,仿佛迫不及待地要解释自己的想法。

寒暄了一阵,他坐了下来。

项目主任说:"好了,现在终于到了决定我们的基金能否批下来的时候了。"

"太好了!"年轻人大声说。他脸红了一下,说,"对不起,我太激动了。"

"不,不,热情对于研究者来说是件好事。"项目主任笑着鼓励道。

财务官清了一下喉咙说:"那么,我估摸着你是打算克隆恐龙啦?"从他的语气中听不出是赞成还是反对。

"不是这样,先生。你是不是想到了《侏罗纪公园》?那是一部很精彩的电影,我还是在小时候看过的。也正是从那时候起,我才知道我希望长大后会去研究恐龙。但是,那电影全是些胡扯。就算是在那时候,他们也应该知道,这是不可能做到的。"

财务官看起来很疑惑:"为什么不能?"

"这样,让我们来看几个数字吧。人类的基因包括三十多亿碱基对……"

"碱基对?"

"碱基对就是——"年轻人停了一下,"我能不能很简单地说说?"

"请说吧。"财务官干巴巴地说。

"如果基因完全描述了一个活着的生物,那么碱基对就是记录这些所用的字母。比如G、A、T和C,分别代表鸟嘌呤、腺嘌呤……"

财务官说:"好啦好啦,我想我们现在对这部分已经充分了解了。"

亚当斯笑了起来:"我告诉过你我很狂热的啦。人类有三十多亿碱基对,果蝇有一亿八千万,埃希菌有四百六十万，有一种蜥蜴有一千一百一十亿碱基对。所以生物之间的区别是很大的。"

"一头恐龙有多少？"财务官问道。

"好问题！实际上没有人知道。但是我们可以打个赌，恐龙的和一只家雀的差不太多，大概在二十亿吧。不过其中大多数都是垃圾DNA——无意义的序列，其编码不对应有意义的蛋白质物质或有意义序列的完整复本。即使是这样，我们所说的仍然是很多极其复杂的编码。现在你可以问我，我们复制的最长的化石恐龙DNA链是多少？"

"多少？"

"三百个碱基对！而且是线粒体的DNA。问题在于DNA是非常脆弱的东西。而且十分微小。我们发现的大多数化石都是动物的硬质部分，骨头、牙齿、外壳。软质部分只在极端苛刻的条件下才能保存下来。像中生代那么早的化石里，我们看到的只是软质部分最初留下的印痕而已。所以整个关于化石克隆的事情都是白日做梦。这是不可能实现的。"

"谢谢,"项目主任说,"我想你已经把困难说清楚了。"

"而且,即使我们能够有办法得到恐龙受精卵的全部基因,我们仍然不能造出一只恐龙来。因为我们没有恐龙蛋。"

"我们要恐龙蛋做什么?"财务官问道,"我想我们是在谈论克隆吧?"

"我们需要恐龙蛋是因为它是一个复杂的机器。它不仅给受精卵以营养,而且还告诉基因哪些该显、哪些该隐,以什么样的次序排列。只有受精卵而没有蛋就像是只有超级计算机的所有部件,但是没有说明书来告诉你如何把它们装配到一起。"

"那么,如果这事是干不成的,"财务官说,"我不理解为什么我们还要开这个会?"

项目主任轻笑道:"我们的亚当斯先生是位科学家,而不是个推销员。"

"噢，只是克隆不可能。"亚当斯热情洋溢地说，"但我们仍然可以有恐龙！我们可以逆向制造它们。我们可以从已有的材料中造出一只恐龙来。我们可以从一只鸟开始……"

"鸟！但是鸟不是恐龙啊！"

"从种属上来说，它们是的。鸟类是虚骨龙的直系后裔。这意味着它们就是恐龙。这就好像你和我，作为第一个具有脊索的原始动物的直系后裔，也是脊索动物一样。而且我们还同时是脊椎动物、哺乳动物、类人猿和人类。一只鸟不过是一只进化得十分精巧的恐龙而已。它只不过是更精致些，但不是什么新的东西。

"大多数旧的指令都还在那里，等待着被重新启动。扭动一下一个简单的基因序列，鸟类就会再长出牙齿！扭动一下另外一段它们的翅膀上就会长出爪子。那些完全失去了的特性可以通过借用其他生物的基因来实现，如鳄鱼或蝾螈或其他什么的。这不过是一个简单的选择问题。不管怎样,我们知道我们所要的结果是什么。"

"这个我们可以做到,"项目主任说,"我们有必要的工具。"

财务官惊叹地摇了摇头。

"现在我们已经有了基因。我们将它们注入到一只特别准备的鸵鸟卵中,然后让它在母体中长成一只完整的蛋。"

"鸵鸟蛋?那够大吗?"

"很少有恐龙蛋比这更大的。阿氏开普吐龙出生的时候是如此之小,以至没有人能够知道它们的母亲是怎样避免踩到它们的。"

"那么你们将从阿氏开普吐龙开始啦?"

"不是。我们将从简单的开始。从似鸡龙和秃顶龙——这些从基因上来说和鸟不太远的野兽开始。然后扩展到异特龙、板龙、剑龙和阿氏开普吐龙。"

"从市场来看,我们更偏向于雷龙,而不是阿氏开普吐龙，"项目主任说，"雷龙更加具有商业价值些。"

"可这不是——"

"——就科学术语上来说，是的，是的。告诉我，你更喜欢哪个——是活生生的、能呼吸的雷龙还是永远得不到资助的阿氏开普吐龙的计划？"

年轻人感到脸上在发烧，但是他什么都没说。

"现在，据我的理解，"财务官说，"你们是想制造出一群能饲养的恐龙。但是这是不是有点靠不住啊？从中生代以来，环境已经有了很大的改变。这些食草动物还能够吃现在的植物吗？"

"噢，我们可以为它们准备一些食物。关于环境——我得承认，确实有点棘手。我们没有一整块大陆那么宽敞的土地给它们。但是我们已经制造出了动物园那样的奇观。我们可以创造出一片能使恐龙们信以为真的环境，逼真到能使它们感到过得快乐。"年轻人的眼光闪动着，说，"给我经费，我就能在一年之内给你看一头和活着的恐龙没有什么区别的东西来。"

"但那是真正的恐龙吗?"

"那是一头真正的恐龙吗?不是。它的行为会像一头恐龙吗?绝对像。"

"好了!"项目主任拍了拍手说,"我说过我们这位年轻的朋友会在你面前有上好的表现的。"

财务官看起来像是在深思熟虑:"我只有一个问题,为什么?"

"为什么,先生?"

"是的,为什么。为什么要费心去做这个?恐龙已经灭绝了几百万年了。它们的表演已经结束了。为什么要把它们弄回来?"

"因为恐龙是一种奇妙的生物!我们当然想把它们弄回来!还有什么像恐龙一样既漂亮而又没用的呢?谁不想让它们活在我们身边?"

财务官转向项目主任点了下头。项目主任站了起来说:"谢谢你,亚当斯先生。"

"谢谢你,先生!我是说,谢谢你给我这个机会让我解释心中的想法。"

年轻人如此急于想给人留下一个好印象,差点把自己绊了一跤。他离开了房间。

门关上的时候,项目主任和财务官互相看了看,他们的人类外形开始摇摆和崩溃,显示出他们的真实外形。

项目主任伸展摇动着羽毛:"怎么样?"

"他真是奇妙！"财务官说，"他跟你说的简直一点都不差。"

"我跟你说过了嘛。人类是一种令人愉快的动物。这么好奇！这么有创造力！我想谁都会认为他们是这个世界的最好的装饰。"

"当然，你显然已经说动我了。"

"那么说你满意了？"

"是的。"

"你准备好支持我的第二个步骤啦？创造一个环境，建立一群永久的饲养人群？"

"如果女性也能给人这么好的印象的话，那就是的啦。我想我必须同意你。"

"太棒了！我们现在就跟她谈谈吧。"

项目主任闪着光变回了人类外形。他触摸着桌子上的那个装置喊道："你可以进来了，夏娃。"

迈克尔·斯万维克，美国科幻小说作家，主要作品有《世界边缘》《无线电波》《狗说汪汪》《时空军团》等，曾获得雨果奖、星云奖、西奥多·斯特金奖和世界奇幻奖等诸多国际幻想文学界的顶级奖项。短篇小说在众多杂志上发表，多篇入选当年度最佳年选，作品被译成众多语种在全世界发表。

名师大语文

人类在很久之前就幻想并尝试克隆动物,尤其是恐龙这种曾经的地球霸主,它们实在是太迷人了。不过,假如恐龙的智能超过了人类,故事会怎么发展呢?

有一天,一个名叫亚当斯的年轻人提出了克隆恐龙的计划。他解释如何通过现有的生物基因来逆向克隆恐龙。故事中对于基因技术的探讨非常专业,从而塑造了一位热爱科学、专注于恐龙研究的年轻人的形象。

但故事结尾突然笔锋一转,两位看似支持年轻科学家的项目负责人露出了真面目,他们竟然不是人类,而是恐龙。他们要克隆一批有创造力的人类并饲养。这个结局让人后背一凉,也发人深省:动物和人类究竟该如何和谐相处?科学与道德的边界到底是什么呢?

乖孩子的圣诞节

〔荷兰〕约阿希姆·海因德曼斯/著
孙薇/译

"比利!"利亚低声道,"比利!醒醒!"

"怎么啦?"比利咕哝着。尽管他还不会看钟表上的时间,但看看窗外,小比利就能分辨出已然夜深。天空墨染一般,窗外只有轻盈掠过的雪花间或打破这份单调。

"你听到了吗?"利亚问。

比利还没来得及答话,楼下便传来了巨大的响动,驱走了他仅存的睡意。他盯着姐姐的眼睛,只看到了她的默默肯定——这响动只能代表着一件事:圣诞老人来了。

比利和利亚没再说话，只迅速趿上拖鞋，缓缓走出卧室。他们放慢了动作，顺着楼梯往下爬，走得蹑手蹑脚，不让楼板发出声响。走下最后一级台阶前，利亚停了下来，她蹲下身，从栏杆的木条间向外张望。比利本以为姐姐脸上会绽放出灿烂的笑容——他们上床前在起居室放了一盘子饼干，如果姐姐看见那个喜气洋洋的精灵老人正享用着饼干，应该会为之欣喜。

但姐姐没笑，她面无表情，微张着口，茫然地盯着起居室。比利赶了上去，想要一探究竟，结果血液一下子凝固了。

就在圣诞树的前面，站着个骨瘦如柴的怪物。它正伸着两只细长的爪子，仔细握着件装饰品。它那鲜红色的皮肤松松挂在它好像一碰就碎的纤薄骨架上，细细的长颈子上顶着个好像乌龟头颅一样的小脑袋。它转着脑袋左顾右盼，被一个玻璃雕像迷住了。那是一只穿着圣诞老人服装的小米老鼠，正用一支长羽毛笔划掉名单上的名字。这个怪物将小米老鼠托着,举到自己脸前,露出了两个巨大的鼻孔。那两个鼻孔可以紧紧闭上,就好像孩子们能闭上眼睛一样,所以之前是看不到的,而这生物似乎不会闭眼。这个怪物脸上有一对硕大的黄眼睛,快把脸占满了。此刻这对眼睛一眨不眨。

厌倦了那个装饰品以后,怪物动作轻柔地将它挂回了原来的位置——松树的树杈上,然后转身去看别的。它的大眼睛瞟到了盘子里的饼干和杯子里的牛奶。它伸出只有两根手指的手,拿起杯子,张开嘴。一条可以盘绕的巨大舌头弹了出来,射进杯子。一转眼杯子里空空如也,只余一缕蒸汽——牛奶就好像瞬间蒸发了一样。它又拿起盘子,放到嘴里,然后饼干也遭遇了同样的命运。它把盘子放回去的时候,饼干无影无踪,渣都没剩。

然后,比利听到利亚吸了口气,这可把他吓坏了。虽然很轻,几不可闻,只有最警醒的成年人或者是看门狗能察觉到,而且就算察觉了,也不会有什么想法。但这个红色的怪物听到了,它猛地将头转向他俩,用蛇一样的大眼睛盯着这两个在楼梯底端缩成一团的幼童。

它起身冲着他俩爬过去,用关节落地,努力不让弯曲的长腿撞翻任何一件家具。比利想要撒腿跑掉,回房里藏起来,但却动不了。利亚也跟他一

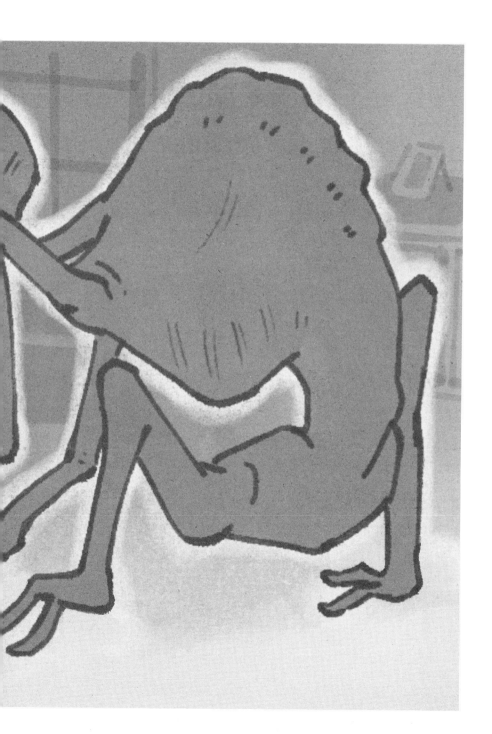

样，坐在那里好像被冰封了似的。怪物逼近时，利亚的嘴唇颤抖着。然后，那怪物停住了，它俯下身，身影笼罩在孩子们的头顶。比利都能数出它胸口的肋骨有几根，还有脖子上突出的颈椎骨。他以为自己要哭了，但望着那对黄色的大眼睛却会诡异地让人平静下来。怪物又转向了利亚。

"利……亚……"它用嘶哑的声音咕哝着,"乖——"

这怪物向后仰头,然后开始发出骇人的声音。它仰啊仰,就像一只在吐毛线团的猫咪。它的咽喉鼓起,就好像嗓子里有个大球正往上拱,同时眼里冒出雪白的泪水。然后,它毫无预兆地吐出了一个

包裹着金银彩纸的盒子。上面的痰液没几秒就蒸发了。它接着转向比利。

"威……廉……（"威廉"常昵称为比利）"它咕哝着，"乖——"

两个孩子震惊地望着这个怪物再次重复刚才的动作，不过这次它吐出来的是一个细窄的大盒子和三个稍小一些的盒子。做完这些，它重重喘着粗气，调整呼吸。它伸出双手，放在姐弟俩的头顶上，用细爪捋过他俩的头发。

"要一直……乖。"它念叨着，然后四爪并用，攀着烟囱爬了进去。它消失的同时，孩子们睡前就熄灭了许久的火焰重又燃了起来。远方，模模糊糊传来了铃铛的声响，复而又缓缓融入十二月的寒夜。

比利感觉自己又能动了。虽然还震惊于刚刚看到的一切，但他的好奇心驱使他走过去，打开了那个怪物吐出的盒子。他快速打开了包装，一眼就看到他期待了好几周的雪佛兰玩具火车组，喜悦让他容光焕发。那三个小点的盒子里，每个各有一节车厢。另一边，利亚发现自己那个盒子里装着她向圣诞老人许愿的小苏茜玩偶。

两个孩子带着他们的新玩具，上楼回到共用的卧室，将玩具放在自己的床上。但两人都失眠了，他们紧握着自己的礼物，都在琢磨同一件事：

假如他们不"乖"的话，又会怎么样呢？

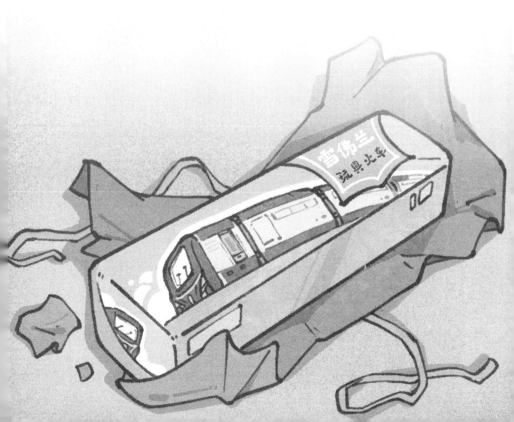

约阿希姆·海因德曼斯，荷兰作家、艺术家和平面设计师，作品发表在各类杂志上，如《星云裂隙》《电子小说》《床底》等。工作和写作之余，他喜爱绘画、旅行、阅读和收藏稀有玩具。

名师大语文

两个孩子在圣诞夜偷偷溜出房间,想亲眼看看圣诞老人。不过,万一圣诞老人不是白胡子老爷爷,而是一个只给乖孩子送礼物的怪物呢?

怪物颠覆了传统圣诞老人的形象,它能在体内生成孩子想要的礼物,说明它拥有物质重组和聚合的能力。圣诞老人的形象发生了变化,说明也许地球上发生了生化危机,圣诞老人变异了。

这个故事乍读起来有点吓人,尤其是对于奇怪生物的描写,还有它给孩子们带来礼物的方式——就像一只在吐毛团的猫咪。不过,怪异的角色塑造、奇特的行为设置都让故事充满了神秘莫测的色彩,给人以无限的遐想。

偃师传说

潘海天/著

一个阳光明媚的下午，西周穆王姬满的爱妃盛姬在自己的房间里收到了无数精美的礼物。在这些礼物中，有一只琢磨得晶莹剔透的汤匙，它像一只黑色的鸟儿般在光滑如镜的底座上微微颤动，翘起的长喙令人惊讶地指向南方。在另一个黄金雕成的盒子里，装有一满把黑色的粉末，这些粉末蕴藏着一个惊人的秘密：在没有月光的晚上，把它们撒在火上，就会招来怒吼的蓝色老虎精灵。在这些叫人眼花缭乱的珍宝中，还有一团神秘的、永恒燃烧着的火焰，火光中有两只洁白的浣鼠正在快活地蹿上蹿下，这团永不熄灭的火焰就是它们的宇宙和归宿。

这一切匪夷所思的礼物都没能让盛姬露出她那可爱的笑容来。她皱紧了好看的眉头，叹着气摆了摆手，围簇着的宫女和奴隶立刻倒退着把这些礼物撤了下去。

姬满听到了侍从的报告，匆匆结束了和谋父的谈话，从前殿赶了回去。他怜惜地扳过爱妃的肩头，问道："这些玩物没有一件不是天下最杰出的巧匠殚精竭虑、呕心沥血的杰作，没有一件不沾染着我属下最勇敢的武士的鲜血。多少人惨遭杀戮，血溅五尺，只是为了一睹这些宝物的形容。我游历四方，网罗而来的这些天下至宝，难道就没有一件能讨你的欢喜吗？"

盛姬慵懒地叹了一口气："何必让那些贱民再去白白浪费生命呢？我不会从这些俗物中找到快乐。大王你东征西讨，日理万机，又何必在意一个小小

妃子的苦乐呢?"

被爱情激起了勇气的穆王叫道:"我拥有整个帝国,环绕我的国土一周,快马也要奔驰三年;我的麾下有八十万甲士和三千乘战车,他们投下的马鞭就能让大江断流;我的属民像沙子一样不计其数,他们拂起衣袖就能吹走满天乌云。难道我,伟大的姬满,竟然不能让所爱的人展露一下她的笑容吗?"

他飞步奔出后堂,大声发布命令:"传我的旨意,三十天内,招集天下最有名的术士艺者,最能逗人发笑的优伶丑角——不论是谁，只要能让我的爱妃露出一丝最微弱的笑容，我就赐给他十座最富庶的城池，外加黄金五百镒，玉贝一千朋。"❶

他抽出那把伴随他征战多年的锟铻宝剑往地上一插："如果这些人都没能成功，他们也就丧失了存在的权利，大周朝将从此是所有流浪者的死敌。"锋利的剑刃穿透了花岗岩石砖，猛烈地晃动，述说着国王的决心。

五百名信使跳上他们的快马，汗流浃背地向四方奔驰而去，国王的命令像野火一样迅速传遍了整个帝国。

三足乌第三十次回到它在崦嵫❷山的住所时，镐京王宫的大殿前已经竖起了象征帝王威严的九座铜鼎。熊熊燃烧的火焰照亮了鼎上的饕餮纹饰，也照

---

❶ 镒，古代重量单位，二十两为一镒；朋，古代货币单位，五贝为一朋。——作者

❷ 山名，在甘肃省天水市西。古代常用来指日落的地方。——作者

亮了周围的巨大庭院。

这是一个长四百两❶、宽二百两的巨大空间,纵然里面摆放着五百张堆满了珍肴佳馔的桌子,也仍然能感觉得到那宽广坦荡的帝王尺度。在每一张桌子后面,在火光照不清晰的黑暗角落里,挤坐着数不清的来自天涯各方的奇人异士。云游四方的旅行家带着他们那奇形怪状的坐骑,来自遥远国度的流浪艺人小心翼翼地掩藏着他们赖以糊口的神幻秘技。不少人脸上的尘土还未洗净,他们都是为了那一份不可思议的丰厚赏金而匆匆从数千里外的地方赶来的。

这些最卑下的贱民,每日里只能在风雨和泥尘中打滚,以求得一份口粮。如今也不知是他们上辈子修了什么德,才有福一睹这个天下最大帝国的尊严。衣着华丽的奴隶在席前往来穿梭,端上来的都是他们见所未见、闻所未闻的山珍海味;貌若天仙的宫女在廊间轻歌曼舞,她们身上的香气和龙涎香

---

❶ 两,古代长度单位,五两为一丈,约为3.33米。——作者

燃烧的气味混合在一起，弥漫在空气中；五百名站在阴影中的青铜甲士寂然无声，只有微风拂过他们的长戈和甲衣时才能听到轻轻的呜咽声。在左右回廊围绕着的中央高台上，被贵族和百官簇拥着的，就是威震天下的国王和他所宠爱的盛姬。

一个神情猥琐的老头捧着一件式样古怪的乐器率先登上了场。他向高台行了叩拜礼后，坐下来开始吟唱一首抑扬顿挫的颂歌，人们听不懂他的语言，却都迷醉在他的歌喉中。两名衣着袒露的少女扭动着柔软的腰肢跳起一种风格特异的舞蹈，她们那飞旋的脚尖宛如田野上跃动的狐狸，就连宫中最善舞的宫女都看直了眼。

国王偷眼看了看身边的爱妃，她的脸上露出了不耐烦的神色。他摆了摆手，老头的乐器落在了地上，传出最后一声颤动的低吟。

接着上场的是一位来自遥远国度的魔术师，他

有一个傲慢的鹰钩鼻子和一把桀骜不驯的大胡子,他的家乡远在胡狼繁衍生长的另一方土地。他倨傲地向国王和他的妃子鞠了一个躬,然后从随身携带的旧羊皮袋里抓出一把豆子撒在地上,喃喃地念了几句咒语。周围传来一阵压低的惊呼,奇迹出现了,地上的黄豆和黑豆自动分成了两组,各自排兵布阵,有进有退地厮杀了起来。

可是王妃的眉头甚至连动都没有动过。两名剽悍的武士立刻上前把这位不幸的异乡人连同他的豆兵带走了。

一位身材矮小、肤色黝黑、缠着包头巾的汉子快步走了上来。他的手里提着一团同样是黑油油的毫不起眼的绳子。他盘腿在尘埃中坐下，把一个大家先前都没有注意到的短笛凑到了嘴边，顿时，一股低沉的魔音在夜空中响起。

慢慢地，那股放在地上的绳子动了一下，一端的绳头抬了起来，缓慢但是坚定地沿着一条优美的轨迹向上升去，仿佛有一只无形的手在提着它上升，上升，直升到一朵低垂着的乌云中。围观的人群情不自禁地屏住了呼吸，就连一直从容镇静的王妃也忍不住展了一下眉头，但是自始至终，她的笑容没有绽放过。

失望的国王招来了卫兵，但是那位机敏的艺人在武士还没有靠近他的时候，就一纵身跳上了那股笔直挺立着的绳子，飞快地爬了上去，消失在那一团黑蒙蒙的积云中。一名卫兵对着绳子砍了一剑，绳子断成两截落了下来,可是那名矮小的黑皮肤汉子不见了。

包头巾的人引起的骚乱只持续了一小会儿,表演就接着进行下去了,可是再也没有谁能像他那样幸运地逃脱国王的惩罚,锟铻宝剑上留下的血痕越来越鲜明。

寥落的晨星从东方升起,盛姬望着高台下面那些涌动的人群,鼎下的烈火照得她的脸半明半暗。小时候,她曾经有过一个荒诞的梦想:有那么一天,她能够拥有数不清的财富和珠宝,甚至连高山、湖泊、幽暗的森林和广袤的大海都会属于她;所有的那些自高自大的男人都只是她的奴仆,蹲伏在她的脚下听候盼咐。那时候,她就是世界上最幸福的女人了。而这一切,身边的这个男人都替她做到了,甚至就连他自己也拜伏在她的裙下。可是,现在她快乐吗?

高台下传来一片喝彩声。一个杂耍艺人完成了一个高难度的吞剑动作后，胆怯而又充满希冀地望过来。盛姬毫无表情地扭过头去，她知道这等于又宣判了他的死刑。无数的艺人正玩命地表演他们的拿手绝技，希望她展露笑容。但是，他们真的是为了她的快乐，还是为了那一份丰厚得足以拿生命去冒险的赏金呢？

夜晚眼看就要过去了，国王的神情变得越来越焦躁不安。就在这时，守卫在门边的卫兵和拥挤的人群骚动了起来，人们纷纷向后退去，一袭黑袍出现在晨曦之中，带着魔鬼的气息。

一名年轻的士兵带着惊恐低声说："我敢对大神发誓，他是突然出现的。"

确实，他的出现是那么引人注目，就连盛姬也抬起了头，饶有兴趣地看着他。

黑袍人缓步走上前殿，卑微而恭敬地向王座行了礼，开口说道："至高无上的王啊，你是这个世界中生命的主宰。我听到了你的承诺，从时间的溪流中浮泛而下，穿过了世纪的物质和存在的象征，带来了我的作品，期望能得到王妃的赞许。"

他的话引起了一片惊叹，就连王国中最富有智慧的谋父都不能全部了解他的话。

"你知道失败的下场吗？"国王带着醺醺的酒意，用威胁的口气问道。

时间的旅行者笑了一笑，他拍了拍手，四名仿佛同样从黑暗中冒出的黑衣奴隶抬着一只透明的箱子快步抢上前来。

箱子在晨星的光芒中宛如水晶般闪闪发光，旅行者猛地张开双手，他的手杖顶端放出刺目的光华。一只胡狼在远方发出一声凄厉的长啸。篝火余烬的红光照在水晶上，仿佛一阵水纹波动，箱子里显出一个人形来。

黑衣奴隶打开箱盖，箱中人直起身来，他带着惊异观望着身边的崭新世界，目光越过了骚动的人群和辉煌的殿堂，凝在了高台上。这是多美的一个小伙子啊，他的鼻梁高秀挺拔，他的目光明亮有神，他的笑容如火焰一样灿烂。

面对着这样的一个奇迹，人群没有欢呼，没有激动，有的只是焦躁和狂乱的低语："只有神才有权造人，这是亵渎……""巫术！""抓住他，地狱里来的魔鬼！"

周穆王的脸色有些发白，他的权力足以让他藐视一切法术，但用造物主才能拥有的魔力去刺穿生命的庄严，放肆地污辱神灵，那是另一回事。他犹豫不决地回头看了看，看见他的王妃唇边浮起一抹微笑。他举起了一只手，人群安静下来。

王妃微笑着开口说道："异乡人，你的法术让人大开眼界。你说这是送给我的礼物，可我要这个卑贱的男人有什么用呢？"

她的话音犹如雪夜中的铃声一样清脆撩人，黑袍人在她的美貌面前也不得不低下了头，谦卑地回答道："聪慧美丽的王妃啊，他叫纡阿，只是一个傀偶，既没有生命，也没有尊严，但他从娑婆那里学到了音乐，从阿沙罗加❶那里学到了舞蹈，当他展示他的所能的时候，就连石头也会欢笑。而他存在的唯一目的，就是尽其所有来让您拥有欢乐。"

他转过身，拍了拍手，喊道："跳起来吧，纡阿！"

仿佛一阵微风吹过琴弦，站着的年轻人微微一颤，接着他的指头曼妙地动了一下，就让所有的人都屏住了呼吸。突然间，他浑身上下都洋溢起欢快的气息，就连去过最遥远国度的旅行家也从未见过的华丽的舞姿，如同流水一样，从他的头，从他的手，从他的足，从他的每一根指头，甚至从每一寸肌肤中喷涌而出。那舞姿如飘零在急流中的花瓣，又如回旋在风中的火焰，让人看了热泪就止不住地流淌，想放声长笑。一支长矛从卫兵的手中脱落，摔掉在国王脚下的尘埃中。国王费了很大的劲才把

---

❶ 我不知道黑袍人属于哪个时代和哪个民族，从他无意中提到的这两位神祇（均为杜撰的艺术之神）的名字来看，也许他带有印度血统。——作者

目光收回，转到了坐在身边的盛姬身上，他看到了渴盼已久的笑容就挂在王妃的嘴角。

一舞既罢，高台上下鸦雀无声。国王站起身来想说话，却发现自己嗓音嘶哑，他稳了稳神，说道："异乡人，你的礼物正是我想要的。我的承诺是有效的，我不想知道你的来历，从今天开始，你就是代地十座城池的城主了。"大臣和贵族中传来一阵忌妒的低语，但是国王只是威严地朝他们扫视了一眼，低语声就消失了。"至于其他这些无聊的艺人，我限你们在十五天内，离开我的王国。从第十六天起，只要在我的国土上察觉你们的踪迹，一律格杀勿论！"

黑袍人匍匐在高台下，回答说："伟大的圣朝天子，我只是一介贱民，怎敢承担管理城池的重任。我不是为了赏赐才带来我的作品。如果陛下喜欢纡阿，那么请宽恕所有的这些艺人吧。我迷恋他们用自然的力量显示出的巧技，而后世人已经忘了如何去接近它们。我们能借机械造就梦幻，却忘记了自己本身曾一度拥有的魔力。我渴望能从这些艺人中找到我所寻求的东西，去创造另一个梦幻般的神话时代。"

穆王听了他的话，微微一愣，随即不以为忤地哈哈大笑："你是个疯子吗？大海难道还要向小河寻求浪花？你的技艺在我看来已经出神入化了，你还要向这些无用的流浪汉学什么呢？好，城池我就不给你了，大周国境内的流浪艺人我也不再驱赶，从今以后，他们都做你的奴仆好了。"他不容黑袍人再反对，大声叫道，"来人哪，将先生送到驿站的精舍中，把我的礼物和这些艺人一并送去……哈哈哈……乐师，奏乐！我要与爱妃及在场各位继续狂欢。"

黑袍人鞠了一躬，如同来时一样寂然消失在阴影中。

穆王的狂欢持续了三天三夜，最后一堆篝火终于熄灭了，精疲力竭的宾主丢下了狼藉的大殿，各自回去休息。

在后宫深处，重璧台❶那高高的回廊上，盛姬把她滚烫的额头贴在冰凉的大理石柱上。她问自己，我这是怎么了？为什么看到纡阿的第一眼起，我的心就狂跳不止？为什么他的目光转向高台，我就情不自禁地想欢笑？她当然要笑，哪怕是为了纡阿的生命，她也要微笑。那些贪婪的艺人为了他们那份可望而不可即的赏金而送命，一点也引不起盛姬的怜悯。只有纡阿，是真心真意地为了她，为了她的欢乐而舞蹈。他不可能夹杂着一丝其他的欲望，她难过地想，因为他只是一具傀儡，甚至没有生命，没有因为她的微笑而得以保存的生命。

爱上了一个傀儡，她自嘲地摇了摇头，绕着寂静无人的回廊慢慢地踱了起来。她的目光不由自主

---

❶ 重璧台：见《穆天子传》，"天子乃为之（盛姬）台，是曰重璧之台"。——作者

地望向了那些奴隶居住的低矮窝棚（对她来说，那些只能算是窝棚）。三天前，她第一次发现自己对纡阿那份令人惊异的感情后，她就托词溜回了后宫，一个人体会那又惧又喜的感觉。

国王的盛宴持续了三天，那班残忍粗鲁的家伙，就让纡阿跳了三天的舞。他一定累坏了，盛姬怜悯地想，现在，所有的大臣和贵族都在呼呼大睡的时候，也许此刻他正痛苦地躺在哪个窝棚中喘息。

仿佛在回答她的关切，一声鸟鸣打破了清晨的宁静，那声音哀伤缠绵，仿佛一线游丝浮动在空中。然后，轻轻地，宛如青鸟般婉转的啼唱刺破了低沉的和音，欢乐和痛苦同时缠绕在一个孤独精灵的歌声里，犹如晨曦融合着光和影一般完美。天哪，盛姬又喜悦又痛苦地想，这不是夜莺的欢唱，而是一个傀儡令人难以置信的美妙歌喉。他知道她在这儿。

带着异乡情调的低沉的喉音轻轻地摇曳着她，让她不由自主地想起了遥远的过去，想起了一个清冷的早晨，桨叶打碎了水上的晨光；想起了一个烛影摇红的夜晚，父亲把她送入了宫中。她的父亲后来如愿以偿地当上了盛地的领主……

不，不行，盛姬绝望地想，我的心承受不了再多的负荷，我不能再见他了。爱情宛如躲藏着的河流在黑暗中流动。壁龛里的烛苗静悄悄地燃烧着，她惊恐地向四处看了看，把头伸出高台，向脚下花草掩盖着的黑暗低声问道："纡阿，是你在那儿吗？"

歌声戛然而止，一个发颤的声音回答："是我，我的女王。"

我的脸一定像少女一样发红，她心慌意乱地想。犹豫了一会儿，她柔声问道："纡阿，你为什么不去休息？跳了这么长时间的舞，一定累了吧。"

"我用不着休息……能源……我不知道，"他在黑暗中沉默了一会儿，"我的胸口有个地方跳动得厉害，我不能去休息。主人说过，我是为了你的快乐而存在的。离开了你，我不知道该做些什么。"

他低低地吟诵着:"我不能闭上我的双眼,我只能让我的热泪流淌。"❶这句话仿佛有魔力一般,让王妃心跳不已。

"我的心指引我为你歌唱,把我留在你的身边吧,我不想为那些庸俗的贵族舞蹈。我只有十天的能源……十天的生命,让我用这剩下的七天来陪你一个人,让你快乐。"

王妃低低地呻吟了一声,说:"你不应该这样。"

"您不喜欢吗?"黑影的声调里充满了悲伤,"那么说一句话吧,只要一个词……一个词,我就可以为你去死。"

"你会为她死的!"一个粗暴的声音打断了他的话。盛姬惊恐地转过身,看见姬满正满脸怒容地站在高台的楼阶口处,他暴跳如雷地咆哮:"一个玩偶竟然也敢调戏我的王妃,我要让你和你那该死的魔鬼主人一块儿粉身碎骨!"

---

❶ 引自海涅《深夜之思》。——作者

"不！请不要杀死他！"盛姬恳求道。

忌妒的国王奔下高台，大声招呼着卫兵。

盛姬探出栏杆外，看见黑影还在那儿没动。他的声音依然平静："告诉我该怎么做，我只听从你的吩咐，也许我死了会更好。"

国王在高台下愤怒地咆哮着，一群士兵沿着鹅卵石砌成的通道从远处跑来，铠甲和兵刃相互撞击着，打破了花园里的静谧。

盛姬拿定了主意。"快跑，"她低声嘱咐，"从这儿逃走吧！"

傀儡依然留恋不舍，他仰着头问道："你还让我再见你吗？"

盛姬眼角的余光看见几名士兵已冲进了内廷，正向着那个胆大包天的冒犯者跑来。"当然，"她说道，"现在，看在大神的分上，快跑吧，为了你自己。"犹豫了一下，她加了一句，"也为了我。"

"我这就走,"那位激动的仆人低声而快速地说着,"燃起你召唤精灵的黑药粉,我一定会再来……"他转身向围墙跑去。王妃惊恐地看着两个卫兵挥舞着长戈追了上去,可是纡阿用一种令人难以置信的技巧异常敏捷地翻过了高高的围墙,不见了。

镐京里的大搜捕持续了整整三天,国王的卫兵仍然没有抓到纡阿和他的主人,尽心尽职的卫兵虽然几次发现了那个逃逸的傀儡的踪迹,但都被他从容逃走。

负疚的奔戎侍卫头领对暴怒的国王解释说:"那个巫师就在我们的眼前消失了,连同他那四个长得一模一样的仆人……有七八个人眼睁睁地看着哩。至于那个跳舞的玩偶(他说到这儿,平板的脸上流露出一分惧意),他有着豹子一般的敏捷,大象一般的力量,他能空手扭断我们的铜戟,跑起来超得过最快的战车。"他最后下了结论,"他不是人类,而是一个货真价实的魔鬼小崽子，我们根本不是他的对手。"

他停顿了一下，偷眼看了看国王的脸色，又补充说："依我看，他好像受到了什么禁制，每次他可以轻而易举地拧断我们某个人的脖子时，却猛然停了手。要是搜捕逼得太紧或禁制解除了的话……"

国王"嘿"了一声，大步在大殿里走来走去，脸色阴晴不定。连最精锐的国王卫队都对付不了一个小小的偶人，这个大胆的家伙竟敢流连在京城不走，国王隐隐感到一股逼向王座的不安全感。自从那个不幸的清晨之后，盛姬就以沉默和流泪来回答他的恐吓和哀求。他烦躁地来回踱步，最后终于立定了脚步："来人，速请盛伯晋京！"

盛姬知道她的丈夫一直在搜捕纤阿，但她一点儿也不为他担忧。因为她从负责搜索的卫队那里打探到了纤阿神出鬼没的消息，她相信自己所爱的人儿拥有的魔力是战无不胜的。他们知道只有她才能引出纡阿来,姬满每日里到她这儿来,或软语哀求,或大声恐吓,她始终无动于衷。宫里每个人的表情都惶惶不安,她却感到一种恶作剧般的快乐,直到满头白发的老父亲跪在她的脚下,用整个家族的兴衰存亡来恳求她时,她才犹豫了起来。

"原谅我,纡阿,"她在心中想,"你终究只是个傀儡,一个还有几天生命的木偶。我无法为了你放弃一切。"

第三天夜里刮起了轻柔的西风,盛姬在重璧台上点燃了一撮黑色粉末,粉末剧烈地燃烧着,爆发出一簇簇明亮的蓝色火焰,如同一只被束缚住的老虎挣脱了囚笼。一股青烟袅袅飘散在风中,有股硫黄的味道弥漫在空气里。

夜色更加浓厚,重璧台上静悄悄的,仿佛只有盛姬一个人。他不会来,盛姬庆幸地想,可不知为什么,她又有一丝失望。

壁龛里的火焰摇动了一下,盛姬突然转过身来,看见纡阿就站在高台长廊的尽头凝望着她。时间在回廊间悄悄地流动，是那么安静。有一瞬间，她甚至忘了陷阱的存在，想跳向前去，扑向傀儡的怀抱。

一匹战马在她的身后轻声长嘶。我干了什么？她猛地醒悟。一股可怕的恐惧攫住了她：虽然纡阿注定会死去，但她这一辈子都将无法轻释背叛他的愧疚了。"别过来，"她向着长廊的尽头喊道，"纡阿！这是个陷阱！"

纡阿转头扫了一眼花园里出现的国王的精兵，他的脸色因为痛苦而苍白。"那有什么关系？"他继续向王妃跑来，"如果这是你的选择，那么就让我死在你的脚下吧。"

国王咬牙切齿地喊道："拦住他，杀死他！"

两百名最精锐的卫士冲了上去,那个赤手空拳的傀儡毫无畏惧地向着这堵青铜盾牌和长戟组成的金属洪流迎来。大周朝那些最著名的勇士——造父等人,在他的手下如同草把一样纷纷倒下。傀儡小心翼翼地控制着自己不过分地伤害脆弱的人类,爱情的魔力冲破了永远不许与人抗争的禁令。激飞的刀剑像流星一样射入天空,又长鸣着坠落在花木丛中。大周朝的卫士们发现自己陷入了这辈子最可怕的一场战争中。

最后一声刀剑的叹息也寂然了,两百名失去了武器和战斗力的卫士倒在了尘土中。满怀创伤的、痛苦的傀儡一瘸一拐地向王妃走近。

满脸铁青的国王一只手按在剑柄上,不知该如何是好。

"你还爱我吗?"傀儡悄声问道。

"我爱你。"盛姬回答道,向跳舞的艺人伸出手去。纡阿接过了她的纤纤玉手,跪下来放到嘴边轻轻一吻，然后如同一尊青铜雕像般僵硬不动了。

妒火中烧的国王立刻拔出了那把削铁如泥的宝剑，砍掉了傀儡的头。王妃惊叫着闭上了眼。

没有温热的血液喷出来，纡阿那漂亮的头颅下面是一大堆金光闪闪的金属片，以一种完美的、不可思议的复杂结构联系在一起。金属片随即在风中分崩离析，变成无数的碎片，叮叮当当地散落在尘埃中。

王妃睁开她含泪的双眼，一块透明的玉一般的簧片跳上了她的手，精巧地、微微颤动着，发出了和纡阿的歌喉一样动听但却是单调的嗡嗡声。

后记：先秦是一个充满神话的时代，周穆王更是一个具有传奇色彩的人。这个故事来源于和他有关的一个古老传说；偃师造人的故事也源远流长。1997年，我在一位神秘的黑袍人那里得到一份手稿。他告诉我，几个世纪以前这份手稿就已经存在了，他只稍微改动了几个地方。我很怀疑他的说法，可是抓不着他的把柄。文中提到的"撒豆成兵""绳技""浣鼠"等，确实能在古老的书籍中找到依据，几个世纪以前，也许它们真的存在过。历史永远让人充满遐想。

潘海天，中国第三代科幻作家领军人物，生于福建，毕业于清华大学建筑系，国家一级注册建筑师，架空幻想世界"九州"系列创始作者之一，曾任幻想类文学杂志《九州幻想》杂志主编，现任上海浦东新区科幻协会监事，中国美术学院客座副教授，研究生导师。代表作为《克隆之城》《偃师传说》《大角快跑》《九州·铁浮图》《九州·白雀神龟》等。曾五次获得中国科幻银河奖，还曾获原石奖、冷湖奖、星云奖，作品曾被译为英文、意大利文、日文在海外出版，短篇《死人，起来，向太阳歌唱！》入选以色列科幻小说家拉维·提德哈主编的《世界最佳科幻小说选》，小说《偃师传说》被中央芭蕾舞团改编为芭蕾舞剧《偃师》。

名师大语文

先秦是一个充满浪漫和传奇色彩的时代，流传着很多民间故事和神话传说。作者以《列子·汤问》中"偃师献技"的故事为蓝本，结合了"撒豆成兵""绳技""浣鼠"等奇妙的幻术，还有周穆王西巡这个充满东方色彩的神话，在此基础上融入了时间旅行、人工智能等科幻元素，创作了一个在传统和现代之间自由切换的精彩故事。

神秘黑衣人为盛姬献上的傀儡纡阿无人能敌，可拥有金属身体的他虽然力量强大，但依然要受制于机械定律和科学原理，他只有十天的寿命。故事不仅展现了古代帝王对权力和奇迹的追求，也反映了古人对先进科学技术的可贵探索。

木人张

刘洋/著

江西人张前溪是个远近闻名的木匠。除了各式家具,他还给县里的大户人家制作过精美实用的木制纺车。他做的纺车让女工一天就可以织出一匹布,这让其他的工匠都啧啧称奇。曾经有一个外省的木匠花重金买了一架他做的纺车,回去后想依样仿制。他拆开纺车的架子以后,立刻为里面精密而复杂的结构而震惊。当他从纺车里取下几个奇形怪状的零件之后,就再也不知道怎么装回去了。

有一天,张前溪去县里做零工回来,在经过一个叫作"夹子沟"的偏僻地方时,遇到了一伙拦路抢劫的山匪。这些强盗个个手执长刀,袒胸露背,面目狰狞。张前溪非常害怕,便把身上的钱财都交了出来,跪地求饶不止。强盗头子见他已经身无分文,便想放他离去,这时候一个小喽啰认出他来,言明他是个手艺精湛的木匠。强盗头子想着山寨里有许多木工活需要人做,便命人蒙住他的双眼,将他掳回了山寨。

从那以后,张前溪便被困在贼窝里,替那伙强盗做些翻新家具、修补寨门的活。这伙人隔三岔五便会下山劫掠,只留些老弱妇孺在山上。如果劫有所获,他们便会去县里大肆挥霍一番,只留下少许银两买点糙米带回山上。在过了半年食不果腹的日子后,张前溪终于忍受不住,鼓起勇气,趁着一次强盗外出劫掠的机会溜出了山寨。不料他对这里的山路不熟悉,一路左拐右拐,竟然碰上了打道回府的强盗。再次被抓回来后,强盗头子便让人锯断了他的右腿,以免他再次出逃。

变成瘸子的张前溪觉得万念俱灰,几次三番想要寻死,却都被人发现救回。万般无奈之下,他也只好继续在这个强盗窝里艰难度日。没有右腿之后,行走尤其不便,他先是给自己做了一副拐,但是挂拐了以后,做起木工活来很不方便。有一次,他看到山寨里用来运货的独轮车,灵机一动,便做了一个人腿形状的车架,车架下又用硬木支起了一个滚轮。滚轮通过一个万向节连接在木架上,可以随意转换方向。他把这个人造木腿绑到自己的断腿上后,终于又可以方便地活动了。

过了一段时间，张木匠又觉得虽然木腿下面有轮，但需另一条腿拖动才可以行走，于是便找了些耐用的牛皮筋，又切割了一些废铁片，做出了一整套精巧的传动装置，一起放置在木腿里，使得脚底的轮子可以自行转动，只需要每天早上在腿上上好发条，便可以自由活动一整天了。那些强盗见了都很惊奇，可是也没有太在意这种事，只是从此以后把张木匠唤作了"木人张"。

终于有一天，官兵围剿山寨，这伙强盗很顽强，几次三番击退了官兵的进攻。无奈官兵人多势众，到最后贼人们寡不敌众，终究难逃寨破被擒的命运。张木匠心里庆幸，暗道这番终于得救，岂料那带队的官差不分青红皂白，将他和强盗们一并关进了大牢，任由他大声喊冤也无人理会。几日后，与他同狱的一位狱友突然得到释放，张木匠询问之下，才知是他的家人前来交了保金。张木匠心道一声苦也，原来他家里双亲已逝，又无妻室，孑然一身，哪里会有人来保他。

如此，张前溪刚脱狼牙，便又入了虎口。牢里的差役惯以虐囚为乐，你若间或有三五文孝敬献上，尚可以免于拷打，否则便会动辄被鞭打脚踢，弄得满身伤痕。这里的饭菜总有一股馊味，吃不饱不说，隔三岔五还会拉肚子，比较起来，倒还不如在强盗山寨里的日子好过了。一旦入监，便面临着繁重的劳役。挖矿、修路，乃至为县令建新宅，不管什么苦活，都只有拼了命地去干。

这样过了一年，事情终于有了转机。那一日，张前溪正在县城东门的运河上修桥，一位督工的狱卒突然把他叫到一旁，见过了一位穿着红袍长衫的官员。那官员是来此巡查的工部侍郎，因为见他木腿奇巧，觉得好奇，便唤他过来一看。张前溪意识到这是脱困的好机会，便取下木腿，呈于大人的面前，并上前为其一一展示其中的精妙之处，令这位大人连连拍案叫绝。这位工部侍郎在见识张木匠高超技艺的同时，心里也逐渐产生了向皇帝引荐的念头。

此时正是天启三年，皇帝刚下了旨意，向全国征召手艺非凡的木匠。这位皇帝一心痴迷木匠的活计，但凡有精巧的机械呈献，或者向其引荐高明的匠人，都可以得到厚赐，乃至加官进爵。这位工部侍郎立刻向当地县令索要了张木匠，并书信一封给予其交好的内侍，让他代为引荐。果然，没过几日，皇帝便下令召见张木匠，这反应速度简直比召见番邦使节都快。

时人或评曰：所谓祸兮福所倚，张前溪因为飞来横祸，而致身残，乃至遭遇牢狱之灾，岂料竟也因此而得以入宫，陪侍于皇帝身边，前途不可限量，真可谓造化弄人啊！

张木匠见到皇帝的时候，已经是入夜时分了。他看到偌大的房子里，一个小孩子正在一个三角架上刨木材，周围几十支蜡烛把房间照得亮堂堂的。

他抬头看了一眼张木匠，一句话也没说，便又低下头继续干他的活去了。张木匠走上前去，突然拉住了那小孩的手。旁边的太监吓呆了，连忙上前来想要拽开张前溪。小孩抬起头来，不解地看着张木匠。张木匠先前只是因为见了熟悉的木匠作坊和工具而做出了下意识的动作，现在突然意识到站在面前的乃是高高在上的皇帝，冷汗顿时从背后冒了出来。可是木已成舟，他也没有退路，只得强自稳住心神，向那小孩说道："刨木头一定要顺着纹理刨，这样才能使其表面光滑。"那小孩愣了一下，然后说："你来刨给我看看！"于是张木匠接过对方手上的刨子，趴在木头上，仔细地观察了一下木材的纹理，然后抬起身来，用刨子在木头上轻轻一推。随着一片木头卷花从刨子上掉落，木头上顿时露出了琉璃般光滑的表面。

　　从此以后，张木匠就在宫里的木工房住下了。每天一大早，小皇帝便如同做早课一般准时地来到木工房里，向张前溪学习各种木工的技巧。张木匠先教会了他一些木工的基本技术，矫正了他在使用墨斗、刨子、圆凿、横锯等工具时的一些不良习惯。因为先前小皇帝只是跟身边的几个稍通木工的太监学习过，所以很多地方都做得有些想当然。然后，从木板的榫卯结合开始，张前溪开始教授家具和木制建筑的制作方法。他带着小皇帝依次制作了俗称"小木作"的诸项部件，包括棂星门、格子门、板棂窗、门窗轴、单勾阑、阑槛钩窗、八角栅栏、雕花外檐等，然后便是"大木作"的逐项内容，包括平棊、藻井、勾阑、博缝、垂鱼、柱额、铺作、角梁、飞子、攒尖、庑殿、卷棚等❶。三个月以后，在后花园里，皇帝和张木匠两人竟然独立造出了一个以八角亭为中心的小园子。

皇帝当然不满足于这样的成果。他对张木匠的木腿越来越感兴趣。有一天，他对张前溪说："你为什么只教朕做那些不会动的死物呢？朕想做这种能够自己动起来的东西！"张前溪于是立刻上前拜倒，说："臣惶恐！不若从偶人试之。"于是他开始教皇帝关于齿轮、凸轮、飞轮、绳链、曲柄、连杆、辘轳、擒纵等基本机械构造的作用和制作方法，然后组而合之，做出了一个人形的木偶。这个木偶高一

---

❶ 参考《营造法式》。——作者

尺许❶，以流水为动力，能够沿着水道行走，看起来栩栩如生。皇帝非常高兴，命内侍给木偶穿上华丽的衣服，又和张前溪一同对其进行了各种改进。一个月以后，木偶腹内的机械已经繁复得无以复加了。此时的木偶，不仅能够行走、跪拜、倒立，而且可以从事踏锥、舂米、磨面等农活，也可以完成跳丸、掷剑、吹箫、拊掌等灵巧的动作和表演。

　　这时，皇帝又提出了新的要求，他说："能不能造出一个离开了水流，仍然可以运动自如的人偶呢？"张前溪说："既是竹木为身，皮革成筋，这些东西要动起来，便都需要动力来源。若不用水，还可用风、畜、丝簧等为力源。"于是二人商量，用东海献上的上等鱼筋为簧，绕在轮轴上，做成发条，以其为木偶的动力，做出来的木偶可以在花园里自由活动一整天，若不仔细看竟分辨不出其真假，好几次惊吓到那些不明真相的宫女。一段时间以后，

---

❶ 一尺约等于33厘米。——编者

连住在慈宁宫的奉圣夫人也从宫女那儿得知了此事,几次三番前来观看木人表演,并啧啧称奇不已。

然而外臣对于皇帝的爱好总是说三道四,以为其不务正业,专营机巧,非明君所为。有杨涟、左光斗等人,劝诫奏疏更是频繁,每临朝,必言及匠作之事,令皇帝头疼不已。有一日,司礼监秉笔太监魏忠贤献计说,不若把这些人都囚禁起来,免得他们再阻挠圣上。皇帝命其细陈方略,待听完之后,乃拊掌大笑,连声称妙,当即便令人把张前溪叫来,问他道:"先生可做出真人大小的人偶?"答曰可。皇帝再问:"这人偶可像朝臣那样口吐人言,持笏走动,下跪磕头?"张前溪略微思索,仍应声称可。皇帝大喜,于是把魏忠贤的主意向他尽言之。张闻之大骇,可是皇帝心意已坚,他也只得勉力为之。

一个月之后,皇帝突然召见了杨涟和左光斗,待二人刚进入御书房,便有侍卫从左右冲出,将其拿住。之后不久,有人发现这二人一起从宫中出来,面容冷淡，目光呆滞，见了相熟的人也不招呼，行止有说不出的怪异。又有两位眼生的人陪伴二人左右，据说是皇帝赐下的侍卫。

那两位大臣自然便是张前溪制作的偶人，而二人的真身已经被幽囚宫中，不得自由了。陪同的两位侍卫，则负责每天为人偶上发条，让其能够持续动作。从那以后，张、左二人上朝再不提拂逆上意之事，反倒是处处为皇帝说话。其实这人偶每次要说什么话，都需事先设定，此事便多由魏忠贤经手处理。在朝会前天晚上，由魏忠贤拟定文稿，交由皇帝审阅。皇帝刚开始还饶有兴致地查看一番，不过几次下来，便腻了这种事，多半连看也不看便批了稿子，最后甚至让魏忠贤不用上呈话稿了。魏阉拟定文稿后，便交出手下工匠依照稿子，做出"音带"。所谓音带，就是一条很长的硬纸板，上面用凿子打了很多不同形状和大小的孔缝，卷起来，放入人偶的喉间。当其说话之时，音带传动，空气从喉下挤出，穿过音带上不同的缝隙，带动上方的胶皮振动，便发出了不同的声音。自此以后，魏忠贤便掌控了这两位重臣的口舌，令其可以顺利插手朝政，而几不为人所知也。他开始拉拢那些亲近之人，拔擢其位，而对那些不顺从其意的人，或贬黜去官，或降罪殒命，或做人偶以代之。如此，魏阉威权日重，到最后，朝廷上所站的几乎都成了阉党之人。

张前溪自做了那些人偶之后，心中长久不安。他利用和皇帝一同做木工活的机会，多次劝诫皇帝，应该依循太祖《宝训》，不要让宦官干政。可是皇帝对那些烦琐的朝政实在厌烦，有了可以替他处理繁务的人，他高兴还来不及，又哪里肯听张前溪的话。

一直到了天启七年，此时的魏忠贤已然权倾朝野，外称"九千岁"，各地为其建生祠的竟络绎不绝。张前溪再次向皇帝谏言。他这次说："现在朝廷内外，只知有魏阉，不知有天子的多矣！如此下去，如果有一天他行不轨之事，做人偶以代陛下，又如之奈何？"皇帝这才有所警觉，开始逐渐收回对朝廷中那些人偶的控制之权。

魏忠贤察觉到皇帝对其信任动摇之后，立刻到皇帝身边哭诉，言其功劳，表其忠心，闹了半天，直到皇帝低身抚慰，并赐下诸多赏赐为止。他猜到是张前溪做了手脚，想对付张前溪，可是张前溪整日跟在皇帝身边，与皇帝的亲近程度更甚于他，他一时也无可奈何。那之后，虽然张前溪再也不肯为他做新的人偶了，可是魏忠贤却传檄天下，选拔手艺精湛的匠人，最后终于请来了几个胡人工匠，在仔细研究了现有的人偶之后，胡人竟然学会了仿制。于是，魏忠贤不动声色地造出了一批新的人偶，用其偷偷换掉了宫内的贴身侍卫。原来他眼见圣眷日衰，终于动了除掉天子、扶植新皇的心思。有一天傍晚，皇帝从木作坊回乾清宫，途经西苑内湖上的长桥时，有一个侍卫突然冲出来，将皇帝撞下了桥，幸而张前溪在侧，连忙下水将皇帝救了起来。虽然幸免于难，但小皇帝却受了很大的惊吓，从此以后身体便日渐衰弱下去，终于在半年后病重离世。

天启一去，魏忠贤便命人秘捕张前溪，欲除之而后快。幸而张木匠见势不妙，提前离开了京城，这才逃过一劫。

崇祯即位后，起初还颇为倚重魏忠贤，以为其恪谨忠贞，可计大事。可是他很快就发现了朝臣中的诸多诡异之处，细查之下，他们竟然大部分都掌控于魏忠贤手中，心里遂起了将其诛杀的念头。他先是换掉了全部的宫中侍卫，令心腹之人领之，然后借机惩治了几个魏忠贤的羽翼，同时下令停止为其修建生祠的行为。如此几番，朝堂上渐渐升起一种"倒阉"的气氛，一些嗅觉敏锐的官员便开始纷纷递上弹劾魏忠贤的奏章。不久后，魏忠贤感觉到大势已然不可逆转，便上书称病辞爵，得到皇帝应允。之后，皇帝又将其贬往中都凤阳祖陵，命其守陵。魏忠贤心知不妙，为了自保，带了一千余名卫兵同行。同行的车队中，还有若干庞大的木箱，不知装了何物。

果然，崇祯很快又传下密旨，命锦衣卫旗校将魏忠贤缉拿回京。在河北阜城，锦衣卫终于追上了魏阉一行，一言不发便开始对其进行围剿。魏忠贤手下的卫兵们只抵挡了片刻，便逃的逃，降的降，终于只留下魏忠贤独自一人在马车上。魏忠贤长叹一声，按下了马车上的一个机括，马车上的几个木箱子突然爆开，露出了装在里面的庞然大物。原来是一些巨型人偶。那些人偶从车上缓缓坐起，竟有三丈❶之高，其通体由精钢打造，手执长刀，大步向锦衣卫们冲了过来。在钢铁巨人一刀之下，往往数十人身首分离，鲜血溅射到巨人身上，看上去宛如来自地狱中的魔鬼，让人胆战心惊，震怖无比。这些铁人不惧刀兵，悍勇异常，几千锦衣卫面对它们，竟无计可施，连连败退。如此大战了半个时辰，锦

---

❶ 约等于10米。——编者

衣卫已然溃不成军，只得暂且收兵。

见此，魏忠贤便弃掉马车，骑在铁人头上，复又南下。走了数十里路，来到一处峡谷。此地乃太行山一支脉，路旁山峦高耸，只有一条小路通过。魏阉犹豫半晌，仍然决意前行。行不多时，突然看见前面有一木人，身高一丈，粗短的下肢上装着滚轮，使其行动迅捷异常。那木人胸口处开着一个小窗，原来竟然有人藏身其中，魏忠贤马上意识到，这人肯定是张前溪。于是他立刻驱动铁人冲上前去，意图将其击杀。张木匠的木人显然不是这些铁人的对手，其大小不及后者的三分之一，而且也没有精铁那样的硬度，一击之下，木人的一只手臂便从身上折断掉了下来。木人见不可力敌，便转身向后逃去。它的动作倒是很灵活，连续多次躲开了钢铁长刀的劈砍。

在山路上奔行一段路后，诸多人偶汇集到了一处狭小的圆形谷地里。魏忠贤见木人在此停了下来，心里突然涌起了一种隐隐的不安感，正想转身离去，却见谷地周围突然间燃起了大火。显然有人事先在此准备了大量木材，可是那些木材却又只是环绕着谷地，并不会燃至山谷中央，不知道目的何在。魏

忠贤既惊且疑，却也不及多想，只是一心扑上前去，调动铁人围剿着那木人。木人灵活地闪躲着，在山谷狭小的空地上左突右进，那些笨重的铁人很难跟上它的节奏，战斗虽然看上去凶险异常，其实却是逐渐陷入了僵局。

大火越燃越大，魏忠贤心知铁人并不怕火，所以并未对此有所顾忌，反而多次想把木人驱入火中。随着时间的推移，谷中的温度越来越高，汹涌的热浪不停地从魏阉的脸上刮过，身下的铁人也不知不觉变得滚烫，即使隔着一层木制的坐垫，也能感觉到其中散发出的热意。在某个瞬间，魏忠贤突然听到咔的一声，似乎是某个齿轮脱落的声音。然后他旁边的一个铁人便猛地僵立在那里，再也无法活动了。就在他还没搞明白怎么回事的时候，又有一个铁人停止了运动。随后，在很短的时间内，那些铁人内部一个接一个地发出了嘶哑的声音，然后便僵立不动了。

就在最后一个铁人停下来的瞬间，魏忠贤突然从铁人身上跳下来，转身向着山谷外跑去。可是他没跑几步，便看见那个木人站在了自己身前，伸出细长的左臂，将自己一把握住，然后慢慢提起，凑到了木人胸口处。在那里，张木匠正透过窗户，微笑地看着他。

"你……你使了什么妖法？"魏忠贤瞪圆了双眼，厉声问道。他想不通，自己这些精心打造的铁人为什么突然间便无法行动了，而面前这个看上去简陋得多的木头人却毫发无损。

张前溪早就从那些胡人工匠处得知了魏阉制造铁人的消息。不仅如此，他还知道这些铁人均是用精铁为壳，里面缠绕着重重的钢簧作为动力，用坚硬的龟壳磨制成凸轮，以韧性最好的浸油丝弦作为绳链，用最硬的牛骨作为曲柄，以最好的红木制成连杆。一言以蔽之，就是不管什么部位，都务求坚固耐用，简直像是要打造一座永固的堡垒一般。

"温变！"张前溪只是简单地说了这两个字。眼前的太监大概从来也不知道，万物皆会因燥、湿、寒、温而变形，战国李冰所用"烧石易凿法"便是其例。而不同材料的温变程度皆不相同，如果贸然在精密的机械中用到那些温变程度相差甚远之物，则很容易会在温度的剧烈变化之下，出现严重的故障。譬如两个紧密咬合之齿轮，其中一个骤然变大，咬合处必然扭曲变形，然后逐渐影响到整个传动系统，最终让整个机械停止运转。

败退次日，锦衣卫兵士们突然发现，在其下榻的馆驿门前，躺着一个捆绑严实之人。上前查看，竟然是魏阉本人。众人大喜，乃将其执送回京。不料在途中，魏阉料想此去绝无幸存的可能，遂服毒自尽。

崇祯此后曾派人前往江西，寻找张前溪的下落，可惜其旧居已经破烂不堪，人也不知去向。后有乡邻传言，忽一日，有一木头巨人经过，众人皆惊惧不敢靠近，半晌，有一甲长欲近前查看，却见那木人身侧突生两翅，竟飘飘然腾空而去，从此再无所踪。

刘洋，科幻作家，重庆大学副教授，凝聚态物理学博士，中国作家协会会员。在《科幻世界》《文艺风赏》等期刊发表科幻作品百万余字，部分作品被翻译为英语、德语在国外出版。曾获得华语科幻星云奖、引力奖、深圳青年文学奖、光年奖一等奖等奖项。出版有短篇小说集《完美末日》《蜂巢》《流光之翼》，长篇小说《火星孤儿》《井中之城》等，多部作品正改编为电影或电视剧。创作之余，主要从事数字人文、创意写作、复杂系统等方面的研究工作。

名师大语文

历史是什么呢?有些人把它视为一连串已经发生过的事件的记录,另一些人则把它看作是一个能够借用各种既有元素,发挥天马行空般想象力的舞台。这篇故事给我们讲述了一个不一样的明朝:你可以看到在大明末年的朝堂上,一半的人都变成了木偶的奇特景象,也可以看到天才木匠用智慧、勇气和创新精神发明的机关之术是如何拯救大明的危机的。我们知道这不是真实的历史,但奇妙的想象力和现代的科学原理赋予了历史鲜活的生命力。

星鱼美食馆

张帆/著

"给我来一碗招牌星鱼面吧。"来人坐在了吧台旁,抬脚踩住吧台下磨得光滑的木质踏板。

我敲了两下桌子,示意收到他的点单,顺势滑到一旁的操作台。

星鱼在头顶的储藏泡中飘来飘去。我伸手捉住一只,让它在空气中窒息。我剖开鱼身挤出靛蓝色的汁液,混入面粉揉成一团。正宗的星鱼面必须用鱼汁调制。

最新鲜的星鱼,最正宗的星鱼面,这是这家馆子的不倒招牌。

"哦,差点忘了酒来着。这里有什么特调吗?算了,还是给我一杯纯黑就好。"

我把切好的面扔到锅里煮着,擦干净手,从架子上取下一瓶黑酒。

袖管里两滴透明的液体随着我倒酒的动作滴入酒杯,很快就溶解在那一片浓郁的黑色里,像星星消失在漆黑的夜空。

我把酒杯端给他,他满意地喝下一口。锅里的香气开始溢出来,他使劲吸了吸鼻子。"这才是生活啊。是不是?"

他举起酒杯向我示意。我摇摇头,给他看自己口罩下面光滑的脸。那里并没有进食器官。

"纳亚星人?"他挑了挑眉,收回手自顾自地喝起来,脸上却是猜不透的表情。"一个不吃东西的人居然能做出这么好吃的食物,还真是让我想不通。"

我对他的话不置可否,只是专心把切好的鱼肉

扔到锅里。星鱼不能煮太久，面将熟时扔到锅里烫一下就刚好。

盛面的时候我又滴了两滴东西进去，这次是乳白色，融化在浓郁的面汤里。

"嗯——"他把脸埋进腾腾的热气中，深吸一口气，"星鱼果然还是新鲜的好。"

我客气地点点头，把餐具仔细摆放在他的面前。

没过多久，一碗面就见了底。他端起碗喝干最后一口面汤，又将杯子伸向吧台。"再给我添一杯吧，还是纯黑。"

我接过杯子仔细打量他。他的瞳孔逐渐涣散，眼神中开始闪烁回忆的迷醉光芒。看来我不需要再添其他的东西了。

"今晚客人不多啊？"他啜下半杯新酒，将剩下的一半拿在手里慢慢旋转。

客人的确不多。除了他，只有灯光昏暗的角落有两人边吃边低声聊天。

"唉，如今对吃讲究的人真是越来越少了。"他叹着气，感慨世风日下。来这里的人总想说点什么，我的药刚好可以帮帮他们。我默默等着他继续。

"星际快递那么发达，所有的东西都可以分装成精致的一小份一小份运回家，可人却是越来越懒了。现在的年轻人大概不会单单为了一碗新鲜的星鱼面，就跑到这么偏远的地方了吧。"

我收走空碗,擦干净操作台,然后倾身向前,离他更近些。

见我感兴趣,他的话果然多了起来。

"我年轻那会儿,可是个正经的星际美食家呢,就是满世界找各种珍稀美食的那种。现在也不知道还有没有这样的人了……唉,扯远了。不过,想不到有一天我居然会和一个纳亚星人谈论美食,还真是世事难料啊,是不是?好在你是个厨师,大概可以理解我吧。要吃到最正宗最美味的东西,待在家里怎么能行?

"就说这里的星鱼,它们只生活在星空中最空旷的地方,靠暗物质生长,离开这个环境便必死无疑。就算能带上真空储藏泡,经过那么多层星门传送,总有那么点不对味儿,是吧?反正离开这里,我就没见过它们的闪光。"

一条星鱼飘过我们头顶，身上细小的光点闪烁，像是遥远的眨着眼的星星。他说得没错，它们只有在这里才会发光。

看来他并不是随口说说。我打起精神，今晚也许会有好收获。

"话说回来，那时候我为了吃，可真是跑了不少地方呢。我敢打赌，我吃过的东西大部分人这辈子见都没见过。"

我在桌上来回轻敲手指，做出感兴趣的样子。他看了我一眼，果然讲得更起劲儿了。

"在长河星系边缘的一颗行星上，有一片奇异的水晶森林。那片森林中有种十分罕见的真菌。它们只能在长河星几十年一遇的冬季生长，还要恰好赶上星系的磁暴爆发才行。

"水晶森林边上是个度假胜地。每到长河冬季，许多慕名而来的人会跑到那儿住上一阵，等待磁暴的到来。可惜磁暴的爆发从来没什么规律，有时候整整一个冬季也等不来一场。

"大部分人在逛完周围的景点之后都会很快失去耐心。他们会感慨一下自己的运气，再在店主的推荐下，尝上几片小心翼翼保管的真菌切片。不过我可没那么好打发。

"我去的那个冬天据说是磁暴的大年。可是眼看着一整个冬天就要过去，磁暴却还是一点影子都没有。和我一起来到长河的人早就零零星星地离开，连为数不多的当地人也逐渐接受了现实。'看来今年是不行了。想吃到新鲜的菌子，怕是要再等上几十年喽。'他们都这么说。

"不过我还是决定留下来试试运气。毕竟，再过上几十年我怕是连去都去不了了。

"皇天不负苦心人。三个月之后，在那个冬季的

尾巴尖上，终于，一场久违的漫天的磁暴席卷星球。我们躲在停了电的旅馆里，看着外面的水晶森林在磁暴的洗礼下闪闪发光。第二天一早，磁暴刚刚过去，我就和几个采菌人一起进了森林。

"我是亲眼看着它们从晶丛里钻出来的。一圈一圈的，好像精灵的舞裙。磁暴让它们表面有了变幻莫测的光泽，像是晶体上长出的宝石。我摘下它们的时候，清澈的凉意可以顺着指尖直接流到心里。

"轻轻拂去表面并不存在的尘土，我把它们直接扔进嘴里。这是对这份馈赠最好的享用方式了。

"直到现在我还能记得它们的味道，就像是刻在我的脑子里一般，真是美好的记忆。"

他下意识地喝干了杯中的酒，两眼依然直直望着前方，好像那些色彩艳丽的小蘑菇就出现在对面的墙上。

我起身给他添上一杯酒，液体流动的声音将他拉回现实。

"谢谢。我说到哪儿了？对了，那些真菌。你能想象它们的味道吗？我是说，你们纳亚星人靠宇宙射线为食，我不知道'味道'对你们来说是个怎样的概念。那些射线会有酸甜苦咸的区别吗？有没有鲜美或者醇厚的感受？你们会喜欢某一种频率而讨厌另一种吗？"

我不置可否地摊摊手。大约是怕触犯什么习俗禁忌，他没有再追问下去，而是继续讲起自己的故事。

于是我也再度坐下来，倾听他的回忆。

"比起等待长河真菌这种靠耐心和运气的事情，追猎'一角'那次可要刺激多了。

"你知道'一角'吧？生活在仙女海的那些神奇的半马兽？它们在星云里游弋，在星环上栖息，是仙女海最负盛名的动物。

"其实单单抓到它们还挺容易的。它们好奇心太重,总会直愣愣地盯着驶向它们的不速之客,甚至想不起逃跑。只要带上合适的装备,总能抓到那么一两只。

"可是要让它们变成真正的美味,就得费上一番工夫。它们的血液里有种迷人的芬芳,只有在不断奔跑时才能释放出来。你要驾驶飞船慢慢地靠近它们,从它们身边掠过。骨子里的高傲会让它们追着飞船奔跑,绕着星环,一圈又一圈,直到汗水自体表蒸发殆尽,血液在体内沸腾。

"听上去好像不太难?我是不是还没提过,它们锐利的长角可以轻易刺穿飞船,奔跑的速度足以让小型飞行器赞叹。稍不小心,猎人便会成为猎物,变成它们脚下纷飞的尘土。

"那些没耐心的捕猎者从来不这么干。他们只是远远地猎杀它们,扔进星际运输船,再批量送上餐桌，然后怪它们的肉质没有以前鲜美。

"但是我试过。就开着外面那辆快散了架的老家伙。不信？那时候它还新得很，光彩熠熠，马力十足。

"那时候我也还年轻，身强力壮、反应敏捷，胆子也大得很，听到什么不可思议的食材一定要去试一试。

"我开着这辆小飞行器在仙女海附近游荡，终于发现了远处星环上成群的'一角'。按照传说中的建议，我压低飞行器，从它们身边慢慢掠过。它们抬起头，好奇地盯住眼前的不速之客。

"一只、两只，它们开始追着我奔跑。很快，越来越多的'一角'加入进来，好像在参加一场久违的狂欢。它们扬起反光的星尘，跳跃奔腾，组成流动的画卷。我被夹杂在其中，看不清前路，只有强大的气流裹挟着飞行器的两翼。

"我只能凭着感觉前进。时间一点一点消逝，空

间的感觉也逐渐模糊。我分不清自己身处何处,甚至差点忘记了自己的目的。

"不知道过了多久,它们开始散去。奔腾的河流变成零零星星的身影,最后剩下唯一的一只。

"它的鬃毛飞扬,额头前长长的角在星环的映照下闪闪发光。它奔跑着,鼻子喷出白色的蒸汽,汗水在体表蒸发成五彩的雾。

"我忽然记起了一切,想起了我来这里的目的。这梦寐以求的一刻。

"我停下飞行器任它超越。它从我头顶掠过,蓦地停住,回过身望向我。我从它的表情中读到胜利的喜悦,还有瞬间的明了和恐慌。我猜,那一刻,它已经知晓了自己的命运。"

他忽然停下了讲述,手指沿着杯子

的边缘来回滑行。他漆黑的眼睛仿佛蒙上一层雾气，藏起了背后看不透的情绪。

我再次给他加满酒。

他机械地端起来喝干，声音低下去，像是对自己无意的呓语。

"猎人与猎物的对决就在一瞬间。它低下头向我冲过来，而我在它到达之前开枪。太空中的枪击寂静无声，只能看见激光穿透它的身体，带出大蓬的血雾。它矫健的身体在我面前缓缓倒下，海一样深邃的目光逐渐暗了下去。"

他再次停了下来。

这一次我没有添酒，而是拿走了他手中的杯子。

他抬起头看着我，雾气已经占据了他的眼睛。

"我不该说这么多的。可是那画面就像'一角'的味道一样，让人难忘。"

这一次说完他安静了更久。我能听见他越发急促的呼吸声，这声音背后是一片寂静。

等他再次开口时，似乎已经过去了很久。

"别和我卖关子了，你们这里有'那个'，是吧？我就是为了它来的。"

我维持住表面的波澜不惊，记忆却被这信息搅得纷乱。

见我没反应，他露出一个心照不宣的微笑。

"它们以星鱼为食，只生活在宇宙最空旷的地方。它们体内的物质极为不稳定，处理起来相当危险，吃下去同样危险，可是却偏偏十分美味，甚至令人上瘾。安全起见，它们早早就被列入了禁食名单。可是在虚空裂缝的边缘，却有一家不起眼的小小星鱼馆，可以给熟客提供一份特别的菜单。我只是没想到，这里的老板居然是个纳亚星人。"

他从怀里掏出一张皱巴巴的纸摆在面前："规矩我都懂，这是生死状。你只管做，我只管吃，我们风险自担，两不相欠。"

纷乱的记忆渐次归位，一句回答脱口而出："我不会做那种东西。"

听见我的声音，他的眼睛忽然睁大。趁他惊讶的瞬间，我摁住他的双手，把脸凑到他的脸前。

他张开嘴，吐出的却不是声音，而是一团团白色的烟雾。我看到他的眼中闪过惊诧和恐慌，最终变成绝望的了然。

他想必已经猜到我的真实身份了。我才不是什么纳亚星人。他们既不吃饭，也不说话。

我不过是个噬忆者罢了，稍微有点不一样的噬忆者。

我不会像我的同类那样安居在一个地方，坐等那些切割打包好送上门来的记忆。我不喜欢那些剔除了杂质、安全又无味的东西。

我喜欢自己去猎取。

用催吐剂让他们讲出自己最深切的记忆，用固化剂将那些记忆凝固起来。这些带着温度的、鲜活的东西，才是唯一值得入口的美味。

从某种意义上来讲，我也是个美食家，和他一样。

我的口器从口罩下探出，一点一点吸入这绝美的白色烟雾。这里藏着他最为独特的体验和最浓烈的情绪，只一点就让人沉醉。

我小心翼翼地把它们吸入体内的记忆之海，避免过度的翻滚碰撞，不料却被猛然的一波记忆冲到晕头转向。

勉强睁开眼睛，我看到他脸上的狰狞表情。这让我想到"一角"，虽然他们看起来那么不一样。

他在挣扎，尽管早知徒劳。

我看着他眼中的白雾渐次散去，沉重的眼皮一次次耷拉下来，直到再也睁不开。我把他软塌塌的身体摆好，像是醉酒之后的熟睡。

等到明天醒来时，他会忘记给我讲过的故事，忘记发生在这里的一切。他珍藏的记忆开始溶解在我的身体里，是我尝过的最美味的一份。

看来这里是个不错的地方，值得待上一阵子。

对了，店主还睡在操作台的下方。也许明天我该把他弄醒，和他聊聊关于"那个"的事情。

张帆，生态学硕士，科幻作者，从事过科研、环保、新媒体等行业。借文字的力量理解世界，记录自己的所见，代表作有《星潮》《一骑绝尘》等，发表于"不存在科幻"公众号。

名师大语文

　　星鱼美食馆是星际美食家品尝美食的理想场所，也是星际传奇的发生地。星鱼、一角、长河星真菌的名字听起来就很新奇，它们是生活在辽远星空中的神奇生物，靠暗物质、磁暴、星光为生。然而最让人意想不到的美食，居然是每一位食客独一无二的记忆。在美食馆里，厨师耐心地听取了食客一个又一个觅食的猎奇故事，也探讨了食物的意义以及宇宙间不同生物的关系。在塑造充满幻想色彩的角色同时，也表达了作者对不同的生命形式和存在的深刻思考。

万有图书馆

〔德〕库尔德·拉斯维茨/著
赵佳铭/译

"你就在这儿老老实实坐着吧,马克斯。"瓦尔豪森❶教授说,"不用翻我的文件了,里面真没什么值得报道的东西。你要喝点什么,葡萄酒还是啤酒?"

体格健壮的马克斯·布克尔走到桌前,从容不迫地挑了挑眉毛。他慢条斯理地坐在扶手椅上,说道:"我已经戒酒了。但是出门在外的话——我看到你这儿有一瓶上好的库姆巴赫(作者杜撰的一种

---

❶ 这篇小说中的人名瓦尔豪森·布里根、格拉泽劳等,都是作者杜撰出来的。——编者

德国啤酒品牌）啤酒——啊，非常感谢，亲爱的小姐——不要倒这么满！嗯，干杯，老朋友！祝你健康，布里根小姐！能和你们再次相聚，真是太好了。话说回来，教授，你一定要给我写点东西。"

"现在我真不知道要写什么。人们已经写了那么多多余的东西了，更不幸的是，它们还都被印出来了——"

"你真犯不着跟我这个苦兮兮的编辑说这些。问题是，到底什么是多余的？作者和读者对此有完全不同的看法。我们编辑也总会遇到这种问题：到底应该怎么判断一个东西是不是'多余'的？"

"真是不可思议！"教授夫人说，"您还能一直找到新东西来出版。我还以为，把铅字拼在一起的所有方式您都试过了。"

"人们确实会这么想。但是，教授夫人，人类的思想是无穷无尽的——"

"您是说，在不断重复方面无穷无尽？"

"老天啊，是的！"布克尔笑道，"但也还是有一些新思想的。"

"由特定的字符所组成的排列方式是有限的。"教授发表了自己的意见，"人们能将人类获得的一切知识都用铅字印出来，历史哲学、科学知识、诗词歌赋等，可以说，只要能用语言表达的东西都能用来印刷。而实际上，我们的书籍是在传承人类的知识，存储智力活动中积累起来的财富。因此，理论上来说，一切可能被写出来的文献都一定可以在有限的册数内写完。"

"嗯，老朋友，现在你说话的语气听起来像是个数学家，而不是哲学家了。这些无穷无尽的文献怎么可能会有尽头呢？"

"如果你想的话，我马上就给你算算一座'万有图书馆'中有多少册图书。"

"啊，叔叔，这个计算会不会很深奥？"苏珊娜问道。

"苏西❶，对于一位刚刚从寄宿学校毕业的小女孩来说，没什么是太深奥的。"

"谢谢，叔叔，我只是想知道我是不是该把我的手工活拿来——你知道的，做手工有助于我思考。"

"啊哈，小机灵鬼！你其实是怕我来一番长篇大论吧？放心吧，我不会这么干的。不过还是要麻烦你把写字台上的纸和铅笔拿给我。"

"您顺便把对数表❷也一起拿来吧。"布克尔开玩笑说。

"天哪！"教授夫人阻止道。

"不，不，不需要那个。"教授喊道，"你也不用把手工活拿来打发时间，苏西。"

"给你点好吃的。"教授夫人说着，塞给苏珊娜

---

❶ 苏珊娜的昵称。
❷ 在电子计算没有普及的年代，人们在运算巨大的数字时通常会采用对数法来简化计算，对数表即为用对数法计算大数字时需要查阅的表格。

一个满是苹果和坚果的盘子。

"谢谢。"苏珊娜回答道。她拿起坚果钳说,"我得用这个对付最硬的坚果。"

"首先,我要来问个问题。"教授说,"如果人们能放弃不同字体和版式带来的美感,不需要很舒适的阅读体验,只关心文字的意义,那么——"

"但是压根没有这样的读者。"

"我们假设存在这样的读者。要写出全部的严肃文学和通俗文学需要多少种铅字?"

"嗯——"布克尔说,"我们把需要的字符限制在下面的范围内:拉丁文字母表中的大小写字母、常用的标点符号、数字——别忘了还有空铅——"

苏珊娜带着疑惑的神情,从坚果中抬起头来。

"空铅指的是表示空格的铅字,排字工人用它们来隔开单词、填充留下的空余位置。这些并不多——但还要考虑科学书籍!你们数学家要用到一大堆符号!"

"我们可以用上下标来解决这个问题,在字母的上面或者下面加上阿拉伯数字,比如a_0、a_1、a_2,等等。这样我们就只需要额外的第二行和第三行0到9的数字。用这种方法,人们甚至可以通过足够的约定来表示任意一种外语字符。"

"我相信你说的那种理想化的读者是存在的。我估计,我们总共需要大概一百种不同的符号,就可以用铅字印出一切可以想象出的内容。"

"嗯,很好。那每一本书应该多厚呢?"

"我觉得,一本五百页的书就可以把一个主题讲得十分透彻了。我们假设一页书有四十行,一行有五十个字符（当然始终要计算空格、标点，等等），在这样的一本书里就有四十乘以五十乘以五百个字符，也就是——嗯，还是你来算一下吧。"

"一百万。"教授说，"这样的话，我们用一百种字符来填满一本能容纳一百万个字母的书，每种字符都可以重复任意次。字符以某种特定次序排列时，我们就得到了某一本书。现在我们设想一下，我们可以用纯机械的手段，用这种方式得到所有可能的排列。这样人们就可以精准地写出所有的作品，无论是过去已经写出来的还是将要在未来写出来的。"

布克尔用力拍了拍教授的肩膀。

"嘿，我现在就要开始订阅'万有图书馆'的书啦。这样的话，我那份报纸将来要出版的每一期就都有着落了，而且还是已经完全定稿的付印版。我再也不需要为收集稿子操心了。这对出版商来说也是大好事——可以把作者们从商业链条中彻底剔除！用排列组合的机器来代替作者，这真是现代科技的伟大胜利！"

"什么？"教授夫人高声说，"所有的书都放在一座图书馆里？包括歌德❶的所有著作？《圣经》？所有曾经活在世上的哲学家的著作合订本？"

"甚至还包括所有没人想得到的版本。你可以在里面找到柏拉图❷和塔西佗❸的散佚著作，包括它们的译文。此外还有我们两人将来会写出来的所有作品；所有已被忘却的和正在进行中的国会演讲，世界和平条约，尚未发生的未来战争史，等等。"

"还有国家交通时刻表❹，叔叔！"苏珊娜喊道，"你最喜欢的书。"

---

❶ 歌德，德国文学家、哲学家、科学家，著作颇丰，后世编纂的《歌德全集》往往多达数万页。

❷ 柏拉图，古希腊哲学家。

❸ 塔西佗，古罗马历史学家。

❹ 国家交通时刻表是德意志帝国时期由帝国邮政部门定期出版的交通时刻表汇总，包含了德意志帝国境内所有铁路和轮船交通的时刻表。

"当然了，还有你给格拉泽劳老师写的所有德语作文。"

"啊哈，要是我在女校时就有这本书该多好！但我想，我们一直在说整卷的书——"

"抱歉打断一下，布里根小姐，"布克尔插嘴道，"您忘了空格了——就算是最短的小诗都会有单独的一本书，里面剩下的部分都是空格。而且图书馆中也会有最长的作品，就算一本书放不下，我们也可以简简单单地在另外一本书里面找到剩下的部分。"

"嗯，我得好好谢谢帮我找书的人。"教授夫人说。

"这正是困难所在。"教授微笑着说。他身体后仰，躺进沙发椅中，慵懒地看着雪茄的烟雾。"不过有个事实可能会让找书看起来变得容易些，那就是这座图书馆里一定有馆藏书籍的目录——"

"那么——"

"但是你怎么才能找到这本目录？即便你找到了

一本，也不会有什么帮助，因为它不仅包括正确的书名和书籍编号，也包括所有可能会出现的错误的书名和书籍编号。"

"见鬼，还真是这样！"

"嘿！还有另外一些难处呢。比如说吧，我们拿起这座图书馆的第一本书。第一页是空的，第二页也是，一直这样下去，所有五百页都是空的。

"这本书的内容其实就是把空格符号重复了一百万次——"

"至少，这本书里面不会有胡说八道的内容。"教授夫人插话。

"算是吧！现在看看第二本，还是空的，直到最后一页。在最后一页的最下面，在第一百万个字符的位置上，有个畏畏缩缩的字母'a'。第三卷也是一样，只是那个'a'往前移了一个字符的位置，最后一个字符又是空格。就这样，这个字母'a'在每一本书里面都往前移一位，一直移了一百万本，直到第一百万零一本,这个字母终于到达了第一个字符的位置。这本有趣的书后面什么内容都没有。前一亿本书都是这样的,直到所有一百种字符都走完从最后一位到第一位的孤独旅程。同样的事情也发生在'aa'或者任何两个其他字符上,这些字符可能在任何位置。或者有一卷书中只有句号,另外一卷只有问号。"

"嗯,"布克尔说,"人们很快就可以识别出这些毫无意义的书,把它们挑出去——"

"嗯。是啊——但是当人们找到一本看起来合心

意的书时,情况却有可能变得糟糕。比如说吧,如果你想读一读《浮士德》❶,而且正好找到了有着正确开头的那本。当你读完了一小节之后,后面突然就变了。'哇啦哇啦,哇啦哇啦,这儿啥也没有!'或者只是简单的'aaaaa'。或者你要查一张对数表,却没人知道这张表对不对。因为在我们的图书馆里面不仅有所有正确的东西,还有所有错误的东西。人们可不能被书名误导了。一本书的开头可能是'三十年战争❷的历史',但是后面却是这样的:'当布吕歇尔亲王❸在温泉关迎娶达荷美女王时……'"

---

❶《浮士德》,歌德所著书籍。
❷ 一场由神圣罗马帝国内战引发并逐渐扩散到丹麦、瑞典、法国、西班牙等欧陆各国的战争,始于1618年,终于1648年。
❸ 神圣罗马帝国普鲁士王国元帅,参与拿破仑战争,曾在滑铁卢战役中发挥重要作用。达荷美为西非王国,大致位于现在的贝宁共和国,建立于17世纪,灭亡于19世纪末。温泉关为希腊地名,为爱琴海沿岸的一处山中小路,地势险要,著名的温泉关战役发生于此。文中提到布吕歇尔亲王在温泉关迎娶达荷美女王一事并不存在,亦和三十年战争毫无关系,为万有图书馆随机排列字母导致的虚构历史。

"哎，叔叔，这个适合我！"苏珊娜高兴地喊道，"我能写这样的书，我很擅长把各种事情混在一起。图书馆里肯定有这样的开头，我在《伊菲革涅亚》❶上读过的：

"走出你的阴影吧。灵活的树梢，

屈从于需要，而不是自己的欲望，

在那石椅之上，我想独自静坐。❷

"要是这样的书被印出来，我就可以得到人们的认可了。而且我在那儿肯定还能找到我写给你们的那封长信，我想寄出去的时候它就突然不见了。米卡之前把她的课本放在上头——哎呀！"她难为情地停了下来，把飘逸的棕色秀发从额头上撩开。"格

---

❶ 指歌德的剧作《在陶里斯的伊菲革涅亚》，根据古希腊剧作家欧里庇得斯的同名作品改编。

❷ 这三句诗是苏珊娜将不同的歌剧中的话拼凑起来组成的。第一句是歌德的《在陶里斯的伊菲革涅亚》的开篇，第二句出自德国文学家席勒的《墨西拿的新娘》，第三句出自席勒的《威廉·退尔》。

拉泽劳老师跟我强调过很多次了，我应该多加小心，不要唠唠叨叨个没完！"

"你已经得到我们的认可了。"她的叔叔安慰道，"我们的图书馆里不仅有你写过的所有信件，还有你讲过的所有的话，包括你已经讲过的或者将来要讲的——"

"啊？那我宁愿图书馆永远不要对外开放！"

"别担心，书上不仅会有你的署名，还会有歌德的署名，甚至会署上世界上所有可能的名字。比如说吧，我们的这位朋友会发现他的名字署在了一篇文章下面，要对这篇文章负责，而文章违反了所有你能想得出来的出版禁令，足以让他被判坐一辈子的牢都不够。他还会找到一本他自己的书，在每一句话后面都说这句话是错的，还有一本书里面会发誓说完全一样的话是对的——"

"啊，很好。"布克尔大笑着说，"一开始我就知道他在耍我们。我不会去订阅'万有图书馆'的书的，因为我不可能把有意义的内容从无意义的内容中挑出来，也不可能把正确的内容从错误的内容中挑出来。如果我找到好几百万本书，它们都是讲20世纪德意志帝国历史的，但是它们的内容却相互矛盾，那我大可以去读真正的历史学家写的书。我不会去这座图书馆的。"

"你很聪明。另外，我可没有耍你们。我可没说你能找到需要的书，我只是说人们可以准确给出万有图书馆中的书目数量，其中包括所有无意义的书和所有可能印出来的有意义的书。"

"那就算一下需要多少本书吧。"教授夫人说，"要不然这张白纸是不会让你休息的。"

"很简单，我可以心算。我们只需要算算怎么建这座图书馆就行。首先，我们将一百种字符中的每一种都写下来一次，然后我们在每个字符后面都接上一百种字符中的每一种，这样任意两个字符的组合都有一百乘以一百种。我们再把每种字符第三次加上去，三个字符的组合就有一百乘以一百再乘以一百种，如此继续下去。因为我们在一本书里有一百万个位置要填，所以书籍的数目等于我们将一百这个因数连乘一百万次。因为一百是十乘以十，所以我们用十这个因数连乘二百万次的话，会得到相同的数字。也就是一后面跟着二百万个零。就是这样的——十的二百万次方：$10^{2000000}$。"

教授高高举起那张纸。

"嗯，"教授夫人说，"这个解释你自己能轻易看懂，别人可不一定。请把这个数字详细写出来吧。"

"还是算了吧，因为我就算日夜不停地写，也至少要写两周。要把这个数字印出来的话，大概要印四公里长。"

"呦！"苏珊娜说，"那人们该怎么读这个数字啊？"

"这个数字没有专门的名称。嗯，其实根本就没什么办法把这个数字形象地展示出来，哪怕是近似地展示出来都不行。尽管这个数字大小有限，但它还是太庞大了。无论人们想要定义多大的数量，在这个数字巨兽面前都会消失不见。"

"那么，"布克尔问道，"要是人们用'艾'❶来表示它呢？"

"一艾确实是个相当大的数字，十亿乘以十亿，一后面跟着18个零。如果你用我们的书籍数量除以一艾，就是从两百万个零中减去18个。你就得到了一个带有1,999,982个零的数字，你同样很难直观理解。等一下——"教授在纸上写下几组数字。

"我就知道，"教授夫人说，"你还是会做些计算的。"

"我已经算完了。你知道我们这座图书馆的书籍数量意味着什么吗？假设每本书只有两厘米厚，把这些书排成一排——你们觉得，这一排有多长？"

---

❶ 全称"艾克沙"，不常用的单位，为10的18次方，音译自西文词头'exa-'。

他得意扬扬地环顾四周,所有人都沉默着。

苏珊娜突然说:"我知道了!我可以说吗?"

"当然了,苏西!"

"答案是图书馆里面所有书的数量乘以二那么多厘米。"

"很好,很好!"所有人喊道,"完美的答案。"

"是的,"教授说,"但我还是想把这个长度表达得更清晰一些。你们知道的,光一秒钟可以走三十万公里,那么一年大约可以走9.46万亿公里,也就是一艾厘米。如果有一位图书管理员用光速跑过我们这一排书的话,他得花上两年时间才能跑过仅仅一艾本书。图书馆里面有几艾本书,就要跑这个数字乘以二这么多年,才能跑完整个图书馆。也就是——正如之前说的——一后面跟着1,999,982个零。我只是想要表达这一点:人们很难想象出光跑过整座图书馆需要的时间,也很难想象图书馆里面书的数量——这十分清晰地说明,要直观地表达这个数字是非常困难的，即便这个数字是有限的。"

教授刚想要把纸放在一边，布克尔说道："如果女士们允许的话，我还想问一个问题。我觉得，你凭借计算得到了一座整个世界都装不下的图书馆。"

"我们马上就会知道答案。"教授回答道。他重新开始计算，随后他说："如果我们把整座图书馆压缩起来，让每一千本书占一立方米的体积。这样的话，即便我们把可视范围内的最远的星云以内的所有宇宙空间都用上，能放下的书本数量和图书馆中书籍的总数相比，也就是说和一后面跟着两百万个零相比，还差大约六十个零。嗯，所以问题还在——我们没有任何办法接近这个巨大的数字。"

"你看，"布克尔说，"我说得对吧，它是无限大的。"

"不。用这个数减去它自己，就会得到零——这个数字其实是有限的，它被准确地定义好了。只是有一点很奇怪：图书馆中包括所有可能的文献，看起来似乎无穷无尽，但是我们可以用几个字符就写出书的数量。不过当我们试着用经验去理解其中的意义，或者去设想其中的细节时，比如说，如果我们想要在'万有图书馆'里面寻找某一本特定的书时，我们用理智构造出来的清晰印象就会变成一种无穷无尽、不可思议的东西。"

布克尔严肃地点了点头，说："理智比理解要强出无数倍。"❶

"这句'谜语'是什么意思呢？"教授夫人问。

"我只是想说，我们可以准确地想象出'无穷'这个概念，比我们用实际经验来感知这个概念时要准确得多。逻辑比感觉要强大无数倍。"

"这正是逻辑值得称道的地方。"教授说，"感觉会随着时间流逝而消失，而逻辑和时间毫无关系，

---

❶ 布克尔的这句话巧妙地利用了德语的读音特点。德语中，理智（Verstand）和理解（Verständnis）的词形、读音都相近，因此下文中教授夫人将其称为"谜语"。

是任何时候都通用的。我们在'逻辑'这种永恒的财富中得到了恒定不变的神圣法则中的一部分，得到了具有无尽创造力的规律中的一部分。这也正是数学的基础所在。"

"很好，"布克尔说，"规律让我们信仰真理。但如果我们想要运用规律，我们首先要将生活经验的质料填进规律的形式❶之中。也就是说，我们首先要在图书馆里面找到需要的那本书。"

教授表示赞同。教授夫人轻声唱道：

"世间的凡人，

不可试图比肩众神。

如果人伸手及天，

想要触摸星辰，

他的双脚就会悬于空中，

毫无立足之根。

---

❶ 亚里士多德的哲学理论。他认为具体事物都包含质料和形式两方面。前者是物质属性，后者是组织结构。

飘飘白云，呼啸狂风，

将会嘲笑他的愚笨。"❶

"大师此言切中肯綮。"教授说，"但如果没有逻辑规律，我们就没有任何可靠的方法能离开地球，飞向群星。我们还得牢牢立足于经验组成的坚实基础上。我们不需要到'万有图书馆'中去寻找需要的书，而是要凭借持久、认真和扎实的工作来实现这些目标。"

"机遇上演奇迹，理性创造价值。"布克尔说，"所以，请你明天把今晚的奇思妙想写下来吧，这样我就能拿到一篇绝妙的稿子了。"

"我很乐意帮忙，"教授笑道，"但我得和你说一下，你的读者们会觉得稿子是从某一本多余的书里面摘出来的——你接下来要做点什么呢，苏西？"

"我要去做一些理性的事情，"她庄重地说，"我

---

❶ 节选自歌德的诗歌《人类的界限》。

要把质料填进形式之中。"

她往酒杯里倒满了酒。

库尔德·拉斯维茨,德国数学教授,科幻小说作家,哲学家,史学家;被誉为"德国科幻之父";德国设有冠以他名字的科幻奖项。著有长篇科幻小说《在两个行星上》和理论著作《从中世纪到牛顿的原子史》。

名师大语文

  在一个名为"万有图书馆"的虚拟空间中，收藏了世界上所有的书籍。这是不是意味着世界上所有的事情，无论是真实的还是虚构的，都会被写出来，收藏在这里？小姑娘苏珊娜和身为数学教授的叔叔等人对"万有图书馆"这个话题展开了一场有趣的对话。故事以严谨缜密的数学思维和逻辑推理为知识背景，几位主角一本正经地讨论了图书馆存在的意义和书籍的价值，对知识和信息的无限性，以及人类的创造力和思想自由也给予了充分的肯定。

巨兽之家

索何夫/著

小丹正在拼命逃跑，他想要逃离那些可怕的存在。

当然，让他感到如此恐惧的并不是什么青面獠牙的怪物，事实上，对于许多像他这个年纪的男孩子而言，这只生物甚至很有吸引力：这是一只硕大的独角仙，有着光滑、黝黑的几丁质甲壳，以及一根前端分叉的漂亮大角。小丹的一个朋友甚至专门养了一只作为宠物，让它住在昆虫饲养箱里，还给它喂甲虫果冻吃。

可惜的是，这只独角仙有点……太大了。

事实上，目前正在追击小丹的独角仙，就是他的朋友养的那只，今天下午，这只小动物才刚刚被带到他家，参加这次特殊的班级联谊活动。

提议进行联谊活动的人是小丹的爸爸。在寒假刚开始时，小丹曾经向他抱怨不知该怎么完成寒假作业里的"实践与观察"任务，当时，他压根就没指望那个平时总是待在研究所里，很少管他的动物学家老爸能够拿出什么靠谱的点子，但结果却大大

出乎他的意料。"那么，你要不要和你的同学们搞一次联谊活动？我记得你说过，你们班上的好几个同学家里都养了宠物，不如让他们把宠物带来？"

"你你你……你打算干什么啊？老爸？"在听到这个提议后，小丹的第一反应是不安，"难道是要解剖它们？"

"我干吗要去解剖别人的私有财产？你把我当成什么人了？"小丹的爸爸耸了耸肩，"放心啦，就是让大家把宠物都带到咱们家来，在我这个动物学家指导下进行观察和互动。这样的话，你和你的同学可以一起完成这项任务，这样不是更好吗？"

嗯，当然，这个提议听起来确实不错，不但有趣，而且还能卖同学们一个人情，于是小丹就同意了。最后，班上三分之一的同学——足足有九个人——都在今天上午带着自己的宠物来到了小丹的家里，其中也包括了这只黝黑发亮、活力十足的独

角仙。

当然,小丹的爸爸为整个联谊活动提供了必要的指导:他充分发挥了自己的职业优势,详细地解释了所有宠物的习性与特征,以及应该如何正确地照顾它们。下午则是小丹和他的朋友们的自由活动时间,每个人都抓住这个机会兴奋而好奇地打量着其他人的宠物,除了小丹自己不小心被一只宠物螯虾夹住了指尖之外,一切都相当顺利。

按照计划，在晚饭之后，联谊会就会结束，而小丹的同学也要陆续回家了。但还没和宠物们互动够的小丹却还有些意犹未尽——为了能趁着这个机会继续与其他同学的宠物玩一玩，他在饭桌上匆匆吃了几口，就从客厅提前溜回了放着宠物的主卧室内……在摸索着寻找卧室灯开关的过程中他不小心碰倒了某样东西。

那似乎是只硕大的魔方。

小丹不喜欢魔方。这种由许多花花绿绿的立方体组成、让人眼花缭乱的东西总是让他很不舒服，无论怎么转，都没法子恢复原样。他记得，在将这个魔方带回家时，爸爸曾经用故作神秘的语气告诉他，这并不是个普通的魔方。"别乱碰它，这可是一台意识传送器，是你的天才科学家舅舅的新发明，"他这么说道，"如果随便碰的话，它会把你的意识给传送到其他人或者动物的身体里。"

虽然小丹才刚刚八岁，但他已经不是那些会被大人讲的故事轻松唬住的小孩了。对于爸爸的说法，他完全没有放在心上。但奇怪的是，当小丹的手掌意外碰到那只魔方时，真的有意想不到的事情发生了：那只魔方的表面突然出现了一股强劲的吸引力，让小丹无论如何也无法再挪开手掌。而当他试图进一步用力时，意识却被硬生生地拽向了魔方之内……

"吱吱，吱吱吱吱！"

回过神之后，小丹原本下意识地想要喊出"这到底是怎么了？"但真正发出的却只有这种可爱的叫声。接着，在用双手（或者说"前爪"更加合适）摸了摸自己的脸之后，他意识到了一个骇人的事实：自己不但浑身长满了绒毛、多出了一条短小的尾巴，而且变得只有一只手掌那么高！在现在的他眼里，放着那只魔方的柜子就像是一座千仞大山，就连自己平时总是嫌矮的床，也和一栋大楼一样高！唯一值得庆幸的是，至少这具身体还算灵活，而且感官也足够敏锐。

"难道我……变成仓鼠了？"

在最初的惊慌之后，小丹迅速地冷静了下来——时刻维持理性思考也是他的一个好习惯。很显然，如果他现在不是在做梦，那就意味着爸爸说的话是真的，他确实和一只仓鼠交换了身体。他还记得，这只有着柔滑的浅褐色蓬松毛皮的仓鼠名叫球球，是这次联谊活动中出现的宠物里他最喜欢的一只，因为它看上去最可爱也最无害。变成这家伙，至少比变成别的什么动物要好多了……

……等等，别的动物？

在这个念头出现在小丹那小小的仓鼠脑子里的瞬间，他浑身的毛都因为惊慌而竖了起来：虽然在正常情况下，只需要躲在不锈钢条制成的仓鼠笼子里，小丹就可以不必担心自己遇到危险，但糟糕的是，笼子现在已经被打开了：在碰到魔法之后的瞬间，小丹就失去了意识，而他的身体在倒下的同时，附近的一连串装着宠物的盒子与笼子，全都打开了。

不妙，这可不妙……

小丹战战兢兢地左右环视了一圈，但由于房间里没有开灯，他那对小小的仓鼠眼睛自然也无法提供什么有用的信息。幸运的是，他的嗅觉灵敏了不少，因此，当一股古怪的湿臭味向他接近时，小丹立即跳出了笼子的门。

靠近笼子的是一只六角恐龙——当然，小丹的爸爸早就告诉过他，这种滑溜溜、黏糊糊的两栖动物与恐龙之间的亲缘差距，其实比恐龙与人类的差距还要远。虽说有着四条短腿，可以在陆地上爬行，但这只蝾螈更喜欢的生活环境还是淡水。无疑，要不是装着它的水缸被打翻了，它是绝对不会主动溜出来的。

虽然小丹从来都不喜欢这些又湿又滑的生物，但在看清来者的"尊容"后，他还是以仓鼠的方式松了口气：蝾螈是一种冷漠、贪婪的捕食者，几乎会吃任何能被吞下肚的活物，甚至也包括自己的同类。幸运的是，纵然已经变成了这副模样，小丹的体形仍然比蝾螈的嘴巴大得多，而只长着细小的尖针状牙齿的蝾螈既不能咀嚼，也很难撕扯猎物，因此它也不会攻击自己。

也许他可以留在这儿，直到爸爸发现自己为止？

就在这个乐观的想法出现在小丹脑子里几秒钟后，另一阵窸窣声突然吸引了他的注意：这一次，爬过来的是一只独角仙，一只长着大角、"披坚执锐"的生物。在将它放在手心中玩弄时，小丹只是感到了有趣和新奇，但现在，他却只感到了恐惧。

独角仙是吃什么的来着？除了甲虫果冻之外……对了，爸爸说过，它的主食是树汁和水果这样富含糖分的食物，它并不是掠食动物！在骤然回想起这个知识点之后,小丹短暂地松了口气,但他随即注意到,独角仙仍在朝自己冲来,而且速度越来越快了……

糟了,它是把我当成侵入领地的竞争对手了!

小丹先是愣了一下,然后立即想起了爸爸在上午曾经讲过的知识,他马上转过身去,撒腿狂奔。虽说与独角仙的六条细长节肢相比,他这两对小短腿似乎有些"不够看",但真的跑起来之后,小丹却迅速与独角仙拉开了距离:由于覆盖着如同盾牌一样坚韧沉重的鞘翅,独角仙既没法跑得快,也无法长时间飞行,其身体机能远不如进化程度更高的仓鼠。

在成功地甩开了试图驱逐"入侵者"的独角仙后,小丹在自己的书柜旁停下了脚步。就在这一刻,一阵空腹导致的不适感突然席卷了他的身体。

这又是怎么了?球球中午不是才刚吃了不少坚果和鼠粮吗?为什么会这么饿?

小丹困惑地思考了一会儿，最后总算想到了答案：爸爸之前曾经说过，对小型恒温动物而言，生活其实是很艰苦的——相比于它们的身体总质量，它们的体表面积要大得多。在这种情况下，为了产生足够的热能来保持体温，它们不得不频繁地进食，而小丹刚才可是用这具身体跑了很远的距离，这造成的能量消耗自然更大了。

糟糕，好饿……

肚子咕咕叫个不停的小丹四处张望了一阵子，但最后还是没有勇气返回自己的笼子：为了给球球换点口味，它的主人之前在仓鼠笼里额外放了块苹果，而现在，那只独角仙正用刷子般的口器美滋滋地品尝着那块"战利品"。显然，它不会允许任何"入侵者"接近。由于不希望再去触霉头，小丹不得不转了个圈，朝着附近的一只小矮凳爬去——之前他的一位同学在带来金鱼的同时，也顺带了一包鱼食，虽然不知道滋味如何，但那玩意儿应该勉强可以拿来充饥……

就在小丹盘算着金鱼饲料的味道时，一些透明的丝线突然黏在了他身上：是蜘蛛丝！虽然以仓鼠的体格，要挣断这些丝线并不太难，但当一个有着鼓鼓囊囊的肚子的生物从桌角下的黑影里钻出来时，他还是退缩了。

那是一只大腹园蛛，当然，这只凶恶的小动物不是任何人的宠物。小丹的爸爸以前曾经提到过，这种常见的蜘蛛通常会在草丛或者树林里结网，并不经常进入民宅。不过，它的毒性和攻击力都不差，偶尔甚至可以杀死一些小型鸟类。虽然眼前这家伙的块头比现在的小丹小了一圈，但他可不希望冒着被毒牙咬中的风险与对方发生冲突。于是，在考虑了一会儿之后，他举起了短小的双手，摆出了投降的架势，开始沿着金鱼缸的边缘慢慢后退……

接着，他发现蜘蛛也举起了它的细腿。

这是怎么了？难道这只蜘蛛也打算表现出善

意？或者它只是在单纯地模仿他的动作？小丹停止了后退，开始思考这个问题。但在下一个瞬间，他突然想起了一件今天上午发生的事：在逗弄同学带来的宠物螯虾时，那只节肢动物先是张开了它的那对大螯，然后夹了他的手指。在看到小丹的狼狈样后，爸爸告诉他，许多节肢动物在感到受威胁的情况下，会通过尽力举起肢体的方式让自己看上去更大一些，从而威吓潜在的捕食者。

也就是说，这只蜘蛛其实在……

就在小丹打算继续向后退时，一阵气流从他身后传来，同时带来了一股令他本能地感到惊恐的气味：是猫的味道！在今天来到他家的所有同学的宠物中，块头最大的就是这只黑白双色、名叫饼干的猫，虽然它其实只是一只刚刚断奶不久的幼猫，但对于现在的小丹而言，仍然算得上是可怕的超级掠食者了。在发现小丹之后，饼干碧绿色的双眼中立即闪烁起了兴奋的光泽。

这下大事不妙!

对于小丹而言，眼前的饼干带来的恐惧感实在是相当惊人，而更糟糕的是，那只蜘蛛似乎并未因为猫的出现而退缩，而是继续举着爪子威胁着——爸爸说过，昆虫和蜘蛛之类的节肢动物并不聪明，它们的行为往往非常刻板，而且一次只能应对有限的外部刺激。无疑，这只蜘蛛大概并没有意识到情况的变化。而饼干虽然看起来不饿，但小丹知道，很多家猫会出于纯粹的好奇而攻击甚至是杀死其他动物……

等等，好奇？

在用力咬紧小小的大板牙之后，小丹选择了朝着蜘蛛的方向冲去。或许是没有做好应对准备的缘故，蜘蛛没能及时做出反应，只能眼睁睁地看着小丹从它头顶一跃而过、狂奔而去。接着，饼干终于出现在了蜘蛛的八只单眼之中。就像面对小丹的"威胁"一样，它朝着饼干举起了前肢，但不幸的是，这一次，它遇到的是真正的威胁。

饼干肉乎乎的爪子直接拍到了它身上。

当然，这一下子并没有将蜘蛛打死——饼干并不想吃掉这只小动物。但它确实转移了饼干的注意力，让小丹得以逃出了一段距离，来到了装着金鱼的塑料缸旁。在绝境逃生之后，一阵更加强烈的饥饿感让小丹停了下来，他爬上了鱼缸的边缘，从装鱼食的塑料袋里掏出那些小小的颗粒，拼命塞进自己的嘴里。由于一时半会吃不下去，大多数食物都被它存进了两侧的颊囊，很快，小丹的"脸"就像气球一样肿了起来……并且失去了平衡。

"吱吱吱！吱！"

在金鱼们呆滞的目光中，小丹一头栽进了鱼缸的水里，他拼命想要挣扎，但却不断地下沉、下沉、再下沉……直到一只手突然拍了拍他的肩膀。

是爸爸。

"咦？我刚才……怎么了？"小丹这才意识

到,自己现在并不是仓鼠,也没有落进鱼缸里,而是趴在床边。房间内也并没有被搞得一片狼藉,只有那只神奇的魔方掉在了地上,摔坏了。

"我……"他想要解释自己方才经历的一切,但最终却什么都没说——毕竟,那大概只是一个短暂的梦罢了。

"快起来,你的同学要走了。"爸爸语气轻快地说道。

"啊……好的。"小丹点了点头。就在这时,他眼角的余光注意到,笼子里的仓鼠似乎湿漉漉的,几滴水正沿着它的皮毛滴落下去。

索何夫,科普作家、科幻作家,江苏省科普作家协会成员。2014年起在《科幻世界》《科学Fans》《科技日报》等刊物上发表小说、文学评论和科普文章。曾获2018年全球华语科普优秀奖,多次获得银河奖、星云奖。

名师大语文

每个孩子都有自己喜爱的宠物。可如果有一天,那些小巧可爱的宠物变成了庞然大物,麻烦可就大了。

故事的题目本身就足以引起读者的无限遐想,而开头风平浪静的日常描写,更是与后文小丹惊险万分的逃亡经历形成强烈的对比,更容易给读者带来冲击。天才科学家舅舅发明的魔方,实际上是一台意识传送器。爸爸不让他碰,他却在无意中碰上了,这就自然促成了小丹和小仓鼠互换身体的意外发生。故事呈现了儿童天真的童趣和对世界的好奇心,也展现了他们对未知世界的探索精神。

如封似闭[1]

水巢/著

李四的双爪在胸前抱成球形,每次他都会尽可能地放缓这一招。早晨湿润的雾气从他身前流过,也许有那么一瞬,他看起来像只白鹤。

只有一瞬。

他的下肢不善于站立,无法支撑更久,接下来他要往后坐,举起双臂。

---

[1] "如封似闭"是中国传统武术太极拳里的一个招式。"封"的意思是双手呈交叉十字,使敌手不得进。"闭"的意思是同时含胸坐胯,随即分开,两手心向敌肘腕按住,使不得走化,又不得分开,似闭其门不得开也。——编者

有人突然大声哭喊，声音震动着地面。

李四收起爪子，四脚着地，后背的毛耸立出一线。他汪了一声，爪子露出甲尖。他跑向传来哭声的地方，那里是个三四岁的孩子，被他吓住了。

院子里塑胶铺设的地面上，那个孩子大哭着往后退，两只手胡乱挥舞，不让李四靠近。李四摇着尾巴，站起身，用前爪去搭眼前的小人儿。他想要表示友好和服从，但他不确定孩子智商多高，能不能理解。他只试了一下，就放弃了，小孩哭得更凶了，腿也踉跄，碰一下就会摔倒在地。他只能抢着躺翻在地上，露出一大片肚皮，张大嘴吐出舌头，尽可能拱起身，将爪子伸向天空。

"请接受我的道歉吧！"

这句话最后变成了轻声的汪——汪——汪——他现在没有使用人类语言的授权。

孩子哭红了脸，就像一颗熟破皮的柿子。有几个稍大些的孩子跑过来了，将哭了的孩子团团围住。

其中一个大孩子上前两步，踢了李四一脚。李四赶紧跳起身，低垂着头，呜呜地跑到一边，但夹着的尾巴还是被唾了一口。

孩子的脸虽然还红着，但哭声弱了。等他们走远，李四将自己的头抵在地上，身体中的电路发出微弱的嗡嗡声。再过几分钟，上位序号的同事就会走过来找他，传达人类管理层的指令。

走过来——

他只是想打太极拳。李四用后爪支撑着站起身，走了几步。停下,四脚着地,转了一圈,侧耳细听周围。他又站起身,试着后爪开立,前爪举起,屈膝按爪。起势动作还未完成,他听见远处的门推开了。他停下刚起头的动作,趴回地面。

张三径直走过来,弯下腰,坐到旁边的地面上,轻声开口问:

"你还好吗?"

李四低吠一声,指了指喉咙。

"抱歉。"张四的手拂过,"现在你可以开口说话了。"

"我还能当人吗?"

张三伸出手握住他的爪子:"我们都不是人啊。"

"我是只机器狗,我知道。"李四把指甲收回仿生肉垫里,试着去握住对方的手。

"可我和你不一样。"

李四低瞅着地面,缓缓抽出爪子。"现在不一样。"

他抚了抚身上的毛发，指指张三衣服外露出的光滑肌肤。"我们以前都是人……都是人形机器人。"

"这是管理层的意思。"张三用手撑了一下地面，起身蹲在李四面前。他双手垂下，放在脚两边说："经费预算总是不够。福利院只有我们几个。"

李四试着一样蹲坐。张三比赵一、王二要好。他似乎能理解处在犬形躯壳里有多别扭。李四最开始是按人形机器人设计，但在养老院工作了一段时间后，又让他作为一条狗与人类生活。他喜欢原先那些老人，相处时总是把他当人一样对待。当他站在人群面前打太极拳时，动作总是柔软而坚定。但是那些小孩，天哪，只懂得尖叫，还有拽他尾巴。

李四仰起头，吐着舌头问："那么，这次上面怎么说？"

张三把手一摊，一脸严肃地说："他们一遍遍重放你打'白鹤亮翅'的视频，每次看都笑个不停。"

李四垂下头，舌头收在嘴里。只有人类才会因为这种事笑，不会笑的肯定不是人吧。

"但赵一请示说应该对你重新编程。"张三往前凑近一点，声音压低。李四不自觉地将头扭到一边。"他认为你打太极拳太过像人，会吓住那些无法分辨机器和动物的孩子。"

李四想要吠叫，即使现在能用人类语言交谈，但恐惧快要把他淹没。如果将他重置，只搭载犬型

智能系统，那他就不再是自己，也打不了太极拳了。他的指甲伸出又缩回，塑胶地面上已经留下几道爪印。他想继续在地面留下更多爪印，又害怕犯下更多错误，被记录在档案，最终上面让他返厂重修。

抓抓抓。快把爪印按平。

两个声音在他处理器中旋转，旋转，围绕着他，逼迫他服从。

他想起以前最喜欢的那式"如封似闭"，身体的重心前后移动，如同在湖面上划船。然而现在他只要尝试这一招，就会摔倒在地。

最后他躺倒在地面上，露出肚皮。

张三伸出一只手轻轻抚摸："以后不要再打拳了。"

李四闭上眼。

"安心做一条狗吧。"

李四想象着自己在孩子们身边蹦跳的画面，缓缓开口问道："我还能再做机器人吗？"

张三没有答话，又抚摸了一会儿他的肚皮，然后将他的人言发声系统关闭，站起身，说："我没有权限知道。"

他抬起脚往门口走去，走了两步停下身，片刻后转过头，视线越过李四望着远处。"我只比你高一号，如果你损坏了，就轮到我当狗。明白吗？"

一瞬间他想要追上去，亮出他的牙齿。但张三没有理他，依旧盯着远处。

李四转过身。

每个角落里，都有摄像头监控。

门关上了。

片刻后，他四足行走，进入一处小角落，起身，用后爪和尾巴支撑，伸前爪，继续尝试那一招如封似闭。

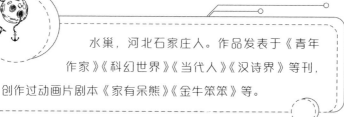

水巢，河北石家庄人。作品发表于《青年作家》《科幻世界》《当代人》《汉诗界》等刊，创作过动画片剧本《家有呆熊》《金牛笨笨》等。

名师大语文

当机器人的行为突破了人类设定的界限，各种离奇的事情就发生了。未来的某一天，养老院里的机器人发展出自我意识，在与人类互动的过程中，体验到了人类的情感和生活，甚至爱上"太极拳"这个中国传统健身项目。机器人李四把一招"如封似闭"打得炉火纯青，但人类却不能容忍这种事情发生，于是把他改造成了机器狗。同时，李四还保留着自己作为机器人的记忆，也面临着身份认同的困惑。这个故事探讨了人工智能在应用过程中的适用性与变异性，也促使人们思考机器人与人类情感的界限。